凶獣

石原慎太郎

幻冬舎

凶獣

目次

附属池田小学校事件

平成十三年六月八日の午前十時過ぎ頃、大阪教育大学教育学部附属池田小学校に出刃包丁を持った男一名（宅間守被告人）が自動車専用門から校内に侵入し、校舎一階にある二年生と一年生の教室等で児童や教員を襲撃。児童八名が死亡、教員を含む十五名が重軽傷を負った事件。

はじめに

十六年前、大阪教育大学附属池田小学校で起こった前代未聞の出来事で亡くなった子供たちのせめてもの慰霊のためにもとこの作品を綴ったが、これを切っ掛けに人間の世の中を支配する不条理に人々が気づき、より安らかな社会を創るためにわずかでも役に立てばと願っているが——。

このように前書きに近い文章で始まる書き物が創作とも呼ばれる小説の範《はん》疇《ちゅう》に入るかどうかは疑わしいが、かつて宅間守《たくままもる》なる人間によって行われた未曽有の残酷無比な事件について調べながら、その裁判の被告に次ぐ当事者ともいえる戸谷《とだに》茂樹弁護士、臨床心理士の長谷川博一氏、さらにすでに物故された精神科医の岡江晃《あきら》氏らの被告に関する調書や精神鑑定書のフルテキストを入手でき、加えて裁判の熱心な傍聴人だった著名なジャーナリスト吉富有治氏に直接お目にかかり直に宅間本人と彼が起こした事件そのものに関する直截《ちょくせつ》な印象といおうか、それぞれの感慨をお聞きすることができた。

戸谷弁護士からは検察の調書や弁論のフルテキスト、宅間自身の直筆の書簡まで拝借閲覧することができた。

中でも岡江氏の鑑定書のフルテキストはある意味で貴重な存在で、氏がこれを公表出版された際には一部の人権派からすでに死者とはいえプライバシーの侵害ではないかとの誹《そし》りまであったと聞いたが、あの未曽有の出来事の核心に迫るためにきわめて重要な資料と思われる。

しかしあの出来事への世間の怨嗟《えんさ》の声は当然に高く、犯人の弁護を国選弁護人という形で強いられた戸谷弁護士や心理分析を受けもたされた長谷川氏も世間からいわば極悪犯人のために何故余計なことをするのかといった非難や脅迫まで受けたという。

法治国家の日本においてはいかに悪辣《あくらつ》一方的な事犯だろうと弁護人を伴わぬ裁判はあり得ず、大阪の法曹界も裁判にあたって逡巡《しゅんじゅん》の末に戸谷氏に犯人の弁護を割り振ったに違いない。

私が宅間の比類もない凶悪犯罪について改めての関心をそそられたのは、ある雑誌に柳田邦男氏が書いていた凶悪犯罪の犯人の動機の陰には幼年期の家庭内での種々暴力行為の記憶がトラウマとして引き金になっているという記事に、長谷川氏の著書が紹介されてい、興味に駆られて長谷川氏に電話し面会を申し込んだ時、氏が、

「いやあ一概にはとてもそうだけとは言えないと私は思います。宅間の場合にはやはり生来のものがあったのではないでしょうかね」

と慨嘆されたのに強い興味をそそられたものだった。

そう聞かされて私は混乱した。ならばその人間にとって生来なるものとは一

体何なのだろうかと。

私は以前ある理由で不可解な事件に興味を抱いて『嫌悪の狙撃者』という小説をものしたことがある。それは一九六五年の憧れのトランスパック・ヨットレースから戻って間もなく起こった十八歳の少年による渋谷でのライフル乱射事件についてだった。

犯人の片桐操《みさお》は神奈川県の田舎で警察官を誘い出してライフル銃で殺害し、その拳銃を奪って逃走したあげく渋谷の行きつけの銃砲店に押し入り店員を人質にして立てこもり、店員の通報によって駆け付け包囲した警官隊を相手にライフル銃を乱射して捕まり死刑になった。通例警察官を殺したような犯人には司法側の態度は当然厳しく、ほとんど弁護の余地などないので刑事専門の弁護士には引き受け手もなく国選弁護人ということになり、ある民事専門の弁護士に声がかかり、彼は何事も経験のためと思い切って引き受けたそうな。

ということで一審で死刑の判決が出たこともあり彼は割とあっさりと検事調書の全文を私に貸し出してくれたが、通読して私が引っかかったのは事前の身体検査で被告には癲癇《てんかん》の蓋然性《がいぜんせい》があったということだった。

どういうつもりでか被告にペントラゾールという薬を注射したところ彼は激しい発作を起こして癲癇の蓋然性があることが判明したという。それは彼の犯行に関して酌量の余地を意味するのではないかと私は思ったのだが、担当の弁護士は事件の性格からしてもう所詮手遅れだろうとあきらめた様子だった。

ということで私はかねてからの知己の日頃は洒脱《しゃだつ》な老人の、後に法務大臣も務めた稲葉修氏に面会してその点についての考えを質したが、彼もまた事件の性格を知っていてかあきらめた様子だった。そして片桐は間もなくあっけなく死刑を執行された。それからしばらくして稲葉氏に会った後、私に面会の趣旨について質問してきた法務担当の記者に出会ったら、彼から、

「あんなことをもらしたら駄目ですよ。だからあっさり死刑執行ということなんですよ」

と言われたものだった。

ということを宅間に関しての戸谷弁護士からの最後の聴問を終えた後、私は長谷川氏がふともらした、ああした未曽有の事件を引き起こし、その後もあの信じられぬほどのふてぶてしい態度を貫き通していた宅間の頭の中に何か気質的な疾患がありはしなかったのだろうかという言葉を思い出していたものだったが。

それは彼の頭を切り開きでもしなければ解明できぬことだったろうが、その後、筑波大学の応用生物化学の村上和雄教授の、人間が生まれつき埋蔵して与えられる遺伝子ＤＮＡについての著書に接してある啓示を受けたような気がしてきた。その著書の題名は『サムシング・グレート』とされており、ある宗教の敬虔《けいけん》な信者らしい氏は人間が太古からの変遷で受け継いできたＤＮＡがいかなる契機に健康に関しても良くも悪しくも発露するのかは生まれた後の生き方による。そしてそれを知るものは所詮ＤＮＡを授けたサムシング・グレートなるもの、つまり神のみということだろうと暗示していた。

となれば我々は人間の存在なるもの、その態様の在り方を一体何に依頼し期待したらいいのだろうか。その相手が人間なる生物を創造した神というなら、誕生した後、自らの将来を自らで規定しきれぬ人間の人生には所詮人間当人の意思は及びきれぬということなのだろうか。

人生における人間の自発の意思なるものの効力はいかなる意味と力を付与されているのだろうか。この世に在るものは誰しも己の将来を規定しきれるものではありはしまいし、いや未来をすら選択できもしまいに。

哲学者のベルクソンは高度な知性を備えたもっとも優れた、もっとも怜悧《れいり》な人間の一人に違いなかろうが、人間にとって不可知なるもの、つまり神秘ともいえるものの人間の人生への働きかけをはっきりと肯定していた人で、この現代に生きていたならＤＮＡと人生への関わりを一体どう捉えたのだろうかと思わせられる。例えば宅間なる凶悪極まりない男の人生についても。

宅間の犯した出来事について知れば知るほど私は人間なるものの生き様の芯の芯にある大きな虚構のようなものに突き当たり困惑させられ、物書きの想像力をはるかに超えたものに突き当たり立ちすくんでしまったのだった。

それは人間の備えたＤＮＡを含め人間やこの地球、いや宇宙全体の存在を与えたものの意思、それはまさに神秘なるものの所産として人間それぞれの人生の在り方ということになるに違いない。宅間の起こした異形な事件、彼の異形な人生の軌跡について探れば探るほど、その核心にあって彼を司ったものは一体何なのかが分かるようで分からない。それは作家の想像力を超えた神秘ともいえるものなのかもしれまいに。その意味で彼は計り知れぬ巨《おお》きな手の内で弄ばれた哀れな人間だったのかもしれない。

しかしそれにしても彼の非行の軌跡はどう眺めても異形なものだ。

五歳の時、三輪車で国道の真ん中を走り出し大渋滞を引き起こした事件に始まり、以後様々な出来事を起こし周りの耳目を集め、それ以後彼の人生の軌跡をたどると母親が彼を妊娠した時、何故かしきりにこの子供を堕《おろ》したいと夫に訴えたというのは何への予感だったのだろうか。

ともかくもその後十六歳の折、高校二年生で教師を殴り家出をしてひと月ほど家を空け、居所を突き止めた兄に迎えられて不請不請家に戻りはしたが退学させられ、十七歳の時、映画館のトイレで女性に抱きつき強姦しようとしたが未遂に終わり、それも附属池田小事件の後に精神鑑定人への自白で世に知られることにはなった。

その年には兵庫県立の定時制高校に編入されたが、通学せずに自然除籍。高校時代に停学処分を受けた際の反省文には、自衛隊は内申書関係なしの一発勝負だから自衛隊に行くと記している。

しかし高校退学の後、心身の不調を親に訴え伊丹市内の精神病院に通院を始めたが、神経症、あるいは精神神経症と診断された記録がある。これは後に彼が起こした諸々の出来事についてきわめて暗示的な記録といえる。

十八歳の折に周りに予告していたとおりパイロットを夢見て山口県の防府《ほうふ》市の航空自衛隊の第一航空教育隊に入隊し教育を受けた後、愛知県の小牧基地の第一輸送航空隊に配属され航空機整備を担当させられた。入隊一年後には一士に昇任し、その後浜松基地に配属された。その間の彼の整備係としての技量がどれほどのものであったかは不明だが、それから一年ほどして依願退職した。その理由は家出して自衛隊の見学に来た少女を連れ込んで同宿させ性交渉を続けていたのが発覚し、少女は保護され、愛知県青少年保護条例違反で事情聴取されたことだった。

同僚の証言では彼は触れることの多い銃に執着し仲間や上官に銃を構えてみせたりし、それを危険視した周囲の報告によって免職になった。この経緯は彼に周囲の人間たちについての違和感といおうか、疎外感を育んだようで以来彼の奇行は加速度的にエスカレートしていった。

自衛隊を依願退職してから家でごろごろしている息子を見かねて父親が資金を出してやり引っ越し屋を始めたが長続きせずに他の運送業に就職はしたもののどれも長く続かずに数週間か半年以内で辞職してしまい、精神的に荒れて家族に暴力を振るったり職場でもいろいろ事件を起こし続けた。会社の車のフロントガラスを割ったりパンクさせたりして物議を醸し続けたが、彼が退職したら事件は収まり周りはほっとさせられたという。

その後、家と見知りの不動産会社に就職すると言い出した彼に、会社に気がねして反対した母親の髪を摑んで引き倒し蹴りつけたり、行きずりの見知らぬ女を襲って野外で強姦する事件を頻発させるようになり、それを鑑定人に自慢気に打ち明けていたが、いずれも相手が世間をはばかって警察に訴えずに不問に付されたという。

彼の家庭内暴力に悩んだ父親が精神病院に助けを求めたが、病院側にはそれは警察の管轄だと断られたという。

宅間家と親しい女性の証言だと彼が二十歳を過ぎてから家庭内暴力を始め、母親はよく体にアザをつくっていたし、父親も息子と殴り合いをして血を流していたし、家を覗くと部屋に花瓶や額が割れて散乱していたという。
そうした結果、彼は行き着くところへ行き着いたということだった。

第一章

事件

※本章は、著者が事実関係を基に創作したものです。

かけた電話にはやはり相手は出なかった。どんな手続きを踏まえてか電話はそのまま転送され、彼女の弁護士の事務所に繋がった。そして聞き覚えのあるあの男の声が答えた。

「あんたは聞き分けの悪い人ですな。何度言っても分からないようだが、またもう一度こういうことがあったら前に言ったとおり警察に通報してあんたの身柄を拘束させることになりますよ。容疑は尽きない脅迫と暴行傷害未遂ということになる。あなたはどう考えても奥さんが言われるとおりまともじゃない。神経がおかしいと言われても仕方ありませんよ。あんたが彼女に行った暴力沙汰は奥さんが言われるとおりあなたの神経のせいじゃないんですか。一度しかるべきところへ相談されたらいいと思いますな。それがいいですよ」

電話は突き放すように一方的に向こうから切れた。

「畜生!」

叫んで受話器を叩きつけた。その瞬間、彼の体の中で何かが音を立てて崩れたような気がした。そして何かがふっきれたのだった。

「よしっ」

つぶやいて電話ボックスの扉を蹴って開けた。

その足で迷わずに前に見定めていた町の刃物屋に向かって歩いた。

店を眺め渡し、刃渡り十五センチほどの出刃包丁と文化包丁を二本選んで手にした。切れ味をためすように指の先を立てて構えた包丁の刃を横に撫でてみた。刃先は薄く鋭く際どく尖って感じられた。それを品物入れのビニール袋に入れさせて店を出た。そして乗ってきた軽自動車の座席に放り込むとそのまま車を出した。

迷わずに池田の小学校に向かって走った。大阪教育大学附属池田小学校は彼がかねて憧れていたが入学の叶わなかった池田中学の予備校のようなもので、中流以上の家庭の子弟の通う地方では著名な小学校だった。

通用門は開いていてその前に車を止め、迷わずに真っ直ぐ小学校の玄関に向かって歩いた。向かう途中、隣の三階建ての中学の校舎に向かって思い切り唾を吐きつけてみた。

時刻は十時過ぎ、二時間目の授業が終わった頃で次の授業との間の中休みに、一階の二年生の子供たちは寛いでそれぞれ椅子から離れて遊びだしていた。彼はまず玄関から一番近い校舎の東端の二年南組の教室に入っていった。

彼を見て「給食の人かな」とある男子児童は思ったそうだが、すぐに何となく「違うな」と感じた。

彼は迷わずに教室に入っていき、手にしていた袋から取り出した包丁を教室の戸口の近くにいた児童の胸にいきなり突き刺した。倒れ込む仲間の上げた悲鳴に振り返った隣の児童を捕らえ、同じようにまた無造作に突き刺した。そしてさらに次の子供も。

その段になって何が起こったのかを知った男性教諭が「皆、外に逃げろ！」と叫び、児童たちは悲鳴を上げて一斉に走り出し、教諭は男に向かって手元の椅子を投げつけたが、男は逃げ遅れて転んでいた子供に馬乗りになって振り上げた刃物をその背中に突き刺した。

子供たちが悲鳴を上げて逃げ回り、それを追いかけてさらに彼は次の教室に向かっていった。

その時、授業の後、児童に何かを言い渡して隣の二年西組の教室を出てきた女性教諭の目に赤い血を浴びた男の姿が映った。男は体を揺らし荒い息遣いで突っ立っていた。

そしてその後ろには廊下まで逃れ出てその場で刺された子供が倒れていた。

それは真昼間に見るまさに白昼夢のような光景だった。

テラスから外に逃れ出た生徒たちが「誰かが包丁で皆を刺している、助けてっ！」、叫んだ声に、花壇で水をまいていた三人の男性教諭が振り返り懸命に男に追いすがり男を取り押さえようとしたが、ひとりの教諭は振り返った男にいきなり肩口を刺されて大怪我をさせられた。

背後での惨劇を知らぬまま他の子供たちは教室に戻りかけたが教室は血の海で、倒れた何人かの友達が「痛い、痛い」と泣き叫んでいた。

教室では追いすがった男性教諭が背中を切られながらも男の右手を摑み顔を切られながら格闘し続け、副校長が加勢して包丁を取り上げ男の足を押さえつけた。その途端男の力がぬけ、取り押さえられたまま男は「しんどいなあ、しんどいなあ」と二度つぶやいた。それが学校の当事者たちが直に耳にした犯人の唯一の言葉だった。

第二章

公判

事件直後の警察での取り調べの記録が残されていた。あまりの事件に動転した警察側の驚きぶりと無差別殺人の後の興奮覚めやらぬ犯人自身の心情が如実にうかがえる。

係官「一体どうしたんや」
宅間「分からへん」
係官「まあ、ええ。何回も聞かなあかんことやが、おまえがやってしまった子供さんたちのこと覚えとるか」
宅間「覚えとらん」
係官「そうか。だったらもう一度顔を見てもらう」
宅間「――」
係官「ようこの写真見。どういうふうに殺したか、思い出してもらわなあかんな」
宅間「――」
係官「ほらこの子らや。もうこの世にはおらんのや。よう見てくれや」
宅間「――」
係官「この子はなあ、父の日のプレゼント買《こ》うとったそうや。おまえのおかげで渡せんことになってしもうた――。自分には子がおらんから分からんなんて言うなよ」
宅間「――」
係官「この子は今度の週末に家族揃って遊園地に行くのを楽しみにしとったそうや。それももう永遠に行けんようになったな」
宅間「――」
係官「こっちのこの子やけど、大きくなったら楽しい世の中になるように偉い先生になるってニコニコして言うとったそうや」

取り調べ官は被害者一人一人の写真を出して、丹念に説明していった。宅間はそれまで凄惨な現場写真をまだ見せられてはいなかった。

それまで見せられたものは満面笑みの子供たちの生前の写真ばかりだった。が、取り調べ官はついに相手の態度に業を煮やし正視できぬ現場のむごい写真を宅間に突きつけた。

「おい、現場の写真を見るか。これを見たら、一人一人どうやって殺していったか、思い出すやろな」

そしてその写真を見た瞬間に宅間の態度が変わったという。

顔面が蒼白となり全身を震わせ出した。

「もうええです――」

「どないしたんや」

「――もうええ」

「なんやて」

「もうええですよ――」

後に調査に入った警察官に問われて犯行現場にいたある子供は、

「見知らぬおっちゃんが突然にやにや笑いながら教室に入ってきて、いきなり何も言わんとお友達を刺したんや」

と言っていた。


事件の公判の傍聴には被害者の親族を含めて千五百人の希望者があり、定員三十人ほどの法廷は超満員だった。傍聴人が固唾《かたず》を呑んで見守る中、係員に伴われた被告の宅間守が薄笑いを浮かべながら入ってきた。指定された被告人席に立つと彼は挑むように背後の傍聴席を見回し、唇を尖らせ犬でも呼ぶように三度口笛を吹いてみせたという。

それを見て傍聴席はざわついたが、被告当人は薄笑いのまま平然とあたりを見回していた。

裁判長が定例に被告の姓名を質すと低い声で名乗り、いきなり、

「おい、座ってもええか」

言ってそのまま座りかける彼を裁判長が手で制して、

「被告はそこで立っているように」

強くたしなめると、

「なんでやあ」

挑むように言い返し、そのまま座りかける被告を刑務官がその肩を強く捕らえて引き上げた。誰が見ても異常なありさまに法廷内は水を打ったように静ま

りかえった。

検察側の長い冒頭陳述の間、それでも彼は肩をそびやかし体を揺すりながら立ち続けていたが、最後に池田小学校における惨劇についての陳述にかかり、検事が未曾有の事件のあまりに一方的な無残さに思わずその声を詰まらせうつむいてしまった時、

「おいおまえ、こんな所で空涙なんぞ流すなよ」

大声で彼は叫んでみせた。

その声で検事は一瞬絶句し、場内はどよめいた。


公判が始まった時、裁判長が被告を前にして冒頭、

「あなたの今までの犯行歴、非行歴を眺めると驚かされるものがあります。まず最初に非行というか、君がまだ五歳の時、三輪車に乗って近くの国道の真ん

中を走り出し大渋滞を引き起こし、周りが驚いて君を止めたという記録がありますが覚えていますか」

「ああ、覚えとるよ」

嘯《うそぶ》くように彼は答えた。

「その時、一体どんな気持ちでそんなことをする気になったのかね」

問うた相手に、

「さあ覚えとらんなあ。きっと親父に何かでしばかれたか、お袋に叱られて頭にきたのとちゃうんか。俺も餓鬼のくせにけっこうごんただったからな」

「お父さんには何で叱られたのかね」

「あいつはいつも酒くらって何かと因縁つけやがって、よく俺をしばきやがったんや」

「そんな時、お母さんは君をかばいはしなかったのかね」

「あいつは阿呆やからな、てめえも親父によく殴られてたな。実家は金持ちのくせにせびられた金をよう出さんとな」

「お父さんはそんなにお母さんを殴ったりしていたのかね」

「ああ、ようしばいとったよ。あの女も阿呆やったからな、鼻血出すまでやられとったよ」

「それを見て君はどう思ったのかね」

「阿呆なら、しゃあないよな」

「お母さんが阿呆というのはどういうことかね」

「阿呆は阿呆でしゃあないやないんか」

「鼻血まで出しているお母さんを可哀相とは思わなかったのかね」

「思わねえな。阿呆は阿呆だよ」

池田小学校での事件の後、彼の精神鑑定でしばしば彼と接見した鑑定人岡江晃氏の鑑定書の記述によると母親は彼を妊娠した時、それを喜んだ亭主に「あかんわ、これ。堕したいねん、私、これあかんねん絶対に」と繰り返し言ったという。一体何を予感してのことだったのか。

彼は二、三歳の頃までは両親と兄、祖母と一緒に暮らし、その後五、六歳までは祖母と共に暮らしていた。祖母は彼をかなり可愛がっていたそうな。母親の陳述では二、三歳の頃でも好奇心が強く何かを見てすぐに走り出していくことが多く、全く人見知りはせずに飽き性で落ちつきがなく、少し変わったことがあればそちらに気をとられ、買い物に連れていってもすぐにいなくなり、大人に手を引かれて歩くのをとても嫌がったという。

祖母も「この子を連れて歩くのはかなわん。ちょっと目を離すとどこかへいってしまう」と言っていたらしい。

親族によると、五、六歳と大きくなるにつれて自分がこうと思うと人に従わない頑固な気性が強くなってきて、周りは父親に似てきたと思っていたらしい。時たま買い物に出かけた時も、むちゃくちゃに物をねだって言い出したらきかずに、父親が人前でその頰を叩いたこともあったという。

近所の一部の子供と遊んではいたが、体が大きく元気があり過ぎてどうしても大将になりたがるので皆が離れていき、気の弱い子供だけがいつまでもついてくるというふうだった。

ある時は自分の家で友達の腹の上にまたがり体を揺すぶって痛めつけ、相手は泣き出して、以来相手の母親が彼と一緒に遊んでいる子供を叱って連れて帰ったという。

悪戯《いたずら》が過ぎるので近所の子供の三輪車がなくなった時、彼のせいにされてその子の祖父が彼が盗んでどこかに隠したのだろうと怒鳴りこんできたこともあったそうな。家ではテレビを眺めるか寝ているかで、起きたら家の中でもガサガサと走り回る。

祖母が必ず家の周りにいるのだぞと言って聞かせてもふらっといなくなる。何度も警察の世話になり迎えにいくと「パトカーに乗ってお巡りさんと一緒に帰りたい」とごねたりして周りの騒ぎは一切気にせず時折行方知れずになって町内放送で探されたことが何度もあった。二歳まで同居し、五歳にかけて何度か祖母の家で彼と会ったある親族は「どう見ても言葉の発育が遅れている子、自分の気に入らないことがあるとすぐに怒りだすわがままな子、という印象が強かった」と後に述べている。

彼の幼年期について親族たちが語った内容には相当重要な資料が含まれてい

ると鑑定人の岡江氏は述べている。柳田邦男氏は何かで彼が幼年期に被った家庭内暴力のトラウマが後にあの無残な出来事の大きな引き金になったに違いないとは記していたが、宅間本人のその後の人生の軌跡をたどれば、果たしてそう短絡的に断定できるものだろうか。

小学校時代の客観的資料には乏しく指導要録はすでに廃棄されているようだ。ただ鑑定人の記述には『卒業文集に、冬休み日光に行ったとか、正月は旅行先で何をやったとか堂々と嘘を書いていることには驚かされる』とあり、恐らく自分の幼年期に彼の生来の性格が引き起こした諸々の出来事は無視しても家庭の事情は実はごく幸せなものだったという夢想に相違ない。

昭和五十一年、彼は小学校を卒業するにあたり、地域では進学校とされている大阪教育大学附属池田中学校を受験するが成績不良で失敗した。後々家族の話では彼はその挫折に酷く腹を立て周りに当たり散らし、しばらくの間鬱屈した様子だったそうな。その後、地元の中学に進むが指導要録はすでに廃棄されていて彼に関する客観的資料には乏しい。ただ事件後の同級生の談話では印象の悪い挿話ばかりで彼にいじめられたり仲間の悪事を先生に密告したりして陰でほくそ笑んだりする質《たち》の悪いものばかりだった。

中学卒業後、市中の工業高校に入学するが二年生の時に退学。その間十六歳の頃、小型の免許しかないのに五百ccのバイクを買い鹿児島まで行ってしまい、途中で検問に遭い条件違反で捕まり兄が身柄を引き取りに出向いたこともあった。

そしてこの頃、彼としては初めての犯罪を犯した。中学の頃の同級生の本田信子（仮名）に目をつけて呼び出し、彼女の述懐によれば何度か電話でやり取りしている内に礼儀正しいきちっとした受け答えをするので他の男子生徒よりしっかりしている、噂とはちょっと違うなと思うようになった。高校二年生の時、誘われるまま単車でドライブに出かけ、堤防でいきなり首を絞められ、叫んで開いた口に彼があらかじめ手にしていた布切れを当てられ引き倒され、着ていたものを強引に剝がされ、そのまま強姦されてしまった。彼女の供述によるとその時の彼の目付きは凶悪なものに一変し、抵抗したら殺されるのではないかと感じてなすがままに姦《おか》されてしまったという。

検事調書によれば彼女は後に定時制高校の始業式の時に同学でいた彼と顔を合わせて彼の顔を見た瞬間ショックで失神してしまい、見とがめた担任の教師が彼女から訳を聞いたが、後に彼にその時の事情を咎めて質したら彼は不敵な笑みを浮かべて何も答えなかったという。

ある時、近くの不動産会社に就職すると言い出した彼に仕事場でのトラブルを案じた母親が反対したら「俺が自分で働くと言い出しているのに何を言いやがる」と喚いて母親の髪の毛を摑んで引き倒して殴りつけ、止めに入った父親とも摑み合いの喧嘩となって騒ぎを聞きつけた隣人が駆け付けたら父親も血を流し、部屋中に割れた花瓶や額が散乱していたそうな。

そんなことで息子を案じた父親が彼を近くの病院の精神科に連れていったが、ただの家庭のいざこざと判じられて診療は拒否されたという。

この後、奇妙なことに母親と彼は父親と長男を残して家を出てアパートで二人暮らしを始める。この奇妙な別居生活はほぼ半年続いたが、彼が池田小事件を起こした後、父親を取材したメディアは人間としての禁忌の近親相姦を匂わせる記事を書いてはいるが。

半年後、彼等のアパートを見つけた父親が二人を連れ戻そうと出かけていったら息子は鉄のスコップで殴りかかってきて、父親がレンガを振り上げて応酬したら、「頼む、殺さんといてくれ」とひざまずいて嘆願して命乞いしたという。

そして翌年、彼はそれまでの二十年の彼の一生を左右したともいえる事件を引き起こしてしまう。当時転職を繰り返した末勤めていた不動産会社の管理人として住みこんでいるマンションで、部屋代を半年近く未払いでいる女の部屋に、滞納している部屋代の支払いの請求に出かけた彼に、部屋の借り手の水商売らしいすれからしの女が若い彼を見下して高飛車に言い返してきた。取り立てに来た彼を若造と見て端《はな》から取り合わず追い返そうとする相手に頭にきて言い争いとなり、女がこれ以上しつこく迫るなら女の後ろ盾でいるその筋の誰かを立ててけりをつけてやるというような凄みをきかせてき、そんなやり取りの最中に彼は相手の目の内に日頃自分を見下して一方的に殴りつける父親と同じ、この自分を人間として認めずにあしらおうとする相手を見たてて「ならばその相手をすぐにここに出せよ。俺が直に話をつけてやる」と凄み、気圧《けお》されて怯《ひる》む女につけこんで靴のまま部屋に上がり込み、怯えた女を捕まえ殴りつけて引き倒し、その場で女の着ているものを剝ぎ取り体を開いて晒し強姦してしまった。その間、女は仕事柄慣れているのかどうか、さしたる抵抗はせずに彼の意のままにされていたという。

しかし女がはじめに口走ったように女の仕事場を仕切っているその筋の者が、彼女との関係がどれほどのものかは知れぬが女の報告を聞いて彼の勤め先の会社に押しかけてき、女への仕打ちへの代償に彼の身柄を引き渡せとねじ込んできた。彼は母親を通じて息子はかねて精神に異常があり今までも同種の事件を起こしてきた前例もあってと、今回の事件でも裁判沙汰にならぬように早速に町の精神病院に頼み込み、急遽《きゆうきよ》入院させたので見逃してほしいと相手方に詫びを入れて当座をしのいだ。当人の身の危険はそれで何とかかわしたが、息子の身の危険を案じての母親からのたっての依頼のとおりに病院側は彼の身の危険も案じて患者として預かった彼を完全に隔離し、鍵のかかった個室に収容してしまった。

それがかなり長く続いて身の不自由をかこった彼は母親に連絡し、できるだけ早く病院から出してほしいと願ったが、母親は例の女と関わりのあるその筋の者がその後も何度か彼の身柄を確かめに家にやってきていたのを気遣って病院に当分彼の身柄を今のままに隠しておいてほしいと願っていたので、病院側も彼の隔離を続けざるを得なかった。

彼はそれを逆恨みして電話や手紙で母親に当たり散らしていたが、ある時、看護師の目をごまかして部屋を抜け出し病院の五階から飛び下りて無謀な脱走をはかった。

普通なら死亡しかねぬところだが、幸い落下した所が仮設のガレージの屋根だったので顎の骨を折ったりする大怪我だけですんだ。

しかしその後、強姦された被害者からの告訴があり、裁判の結果、懲役三年の実刑判決が確定し一九八六年の七月から八九年の三月まで奈良の少年刑務所に服役したが、出所後、父親との間の金銭トラブルで勘当されてしまった。

判決までの間、彼の粗暴な行為は拡大していき、実兄がローンで買った外車をサラリーマンのくせに分不相応だと因縁をつけて角材でフロントガラスを叩き割ったりする始末だった。

そして彼の二度目の犯行としてある時阪神高速道路を逆走して逮捕された。

その後の池田小事件後の精神鑑定では、樫葉《かしば》明鑑定人は『刑罰を逃れるために母親と共謀して精神病院に入院した。病院としては母親からの強い要請もあり彼を個室に監禁して預かったが、彼はその待遇に耐え兼ねて度々母親に退院を懇願したがかなわず、ある時監視の目を盗んで部屋を抜け出し五階から飛び下りて脱出をはかった。落下した地点がガレージの屋根だったために屋根がクッションになって死なずにすみ、顎の骨を砕いただけで一命を取り留めた。しかしその結果、病院からの退院に力を貸さなかった母親を逆恨みして母親に暴力を振るうようになった』と記述している。

それに加えて彼はあげくに母親に向かって賠償請求の手紙を出している。曰くに『自分が病院の五階から飛び下りたのはおまえの責任だ。警察から逃れるために入院したのに意図的に自分を苦しめるために入院を継続させた。この俺は今後何の楽しみも味わえなくなった。少しでも多く賠償金を払えるようにしろ、だから年金は当然終身まで全額を賠償金としてもらうつもりだ』と。何とも身勝手というか常識では測りきれぬ言い分で、この頃彼に出された病院の診断書には統合失調症との記載があり、追記としては病状は治まるものの服薬が必要、なお一ケ月ほどの休養が必要と記載されていた。

ついで顎の治療のために整形外科に通院中、伊丹市内で傷害および器物損壊事件を起こしたが、翌月ＪＡＬ１２３便の墜落事故に乗じて遺族を装い日本航空の用意したバスに乗り込み御巣鷹山の事故現場に死体見物に出かけたりしている。

あの陰惨な事故現場を彼がどんな興味、いかなる印象で眺め、それが彼の深層心理にいかなるものをもたらしたかは神のみぞ知るということかもしれない。

さらに同月、新大阪駅前でタクシー運転手に暴行を加え逮捕されたが、罪を逃れるためにまた精神病院に行き、その折の診断書に医師は統合失調症（境界線例）と診断しつつも入院の必要なし、通院治療六ケ月を要すと判定していた。

こうして以前の強姦事件に対して逮捕、起訴され懲役三年の実刑判決を受けるに至った。

この件に関して彼の知人は後に裁判での証言で、

「彼は昔からレイプの常習犯で、レイプの時の尾行の方法やどうやって押し倒すかをとくとくと自慢していたものです」

と言っている。

第三章

奇行

宅間本人とその父親との、親子とはいえ異常な関わりは事件後の裁判での裁判官と被告本人との詳細なやり取りに浮き彫りにされている。被告の供述は今更の嘘とはいえまい。

事件後、『週刊現代』の記者が宅間守の父親に行った長いインタビューのタイトルには「聞いて呆れて気持ち悪くなった宅間の非常識親父五時間インタビュー」とあるが、その中身の大方は世間への居直りと大罪を犯した息子への罵倒に尽きている。自分が成人まで育てた息子を精神年齢はせいぜい五、六歳だったと言い切り、そして斯《か》くなったのはＤＮＡの問題だろうと嘯き、刑務所に長くいるよりも早く殺してしまえばいいとまで言い切る。そこには肉親への情なるものは一切感じられない。

そうした親子の実態を裁判でのやり取りで息子の守は問われるまま淡々と語

っている。

以下は彼の公判調書による実録だが、そこに記されているのはＤＶを超えた異形な親子の関わりの実態だ。


母親がその夫から受ける虐待について、「あなたはお母さんのことをどのように見ることになったんだろうか」と裁判官に問われ、

「ずっと分かっておったけど、とにかく普通の友達とか同級生の親とはちょっと形態が違うなと子供心に感じておったけど、幼いなと」

「幼いながらうちの母親はちょっと違うんやなと、変やなということですかね」

「変というか頭が悪いような白痴に近いように思った。そんなふうに思った」

「そんな母親に対してあなたのおやじさんはどんな態度をとっていましたか」
「でっかい声張り上げて、怒鳴ったり殴ったり、そういうことをやって」
「あなたの目の前でもそういうことだったの」
「はい」
「父親が母親を殴る、暴力を振るうというのは、子供にとってつらいことだよね」
「はい」
「いつ頃から、おやじさんのお母さんに対する暴力というのはありましたか」
「物心ついた時からありました」
「ずっとですか」

「ええ」

「どういう時におやじさんは暴力を振るったんかな」

「いやそれは理由は……子供やからそれを把握しようはないから」

「暴力は何か手に持ってやるの、素手でやるの」

「手に物を持ってる時もあるし」

「暴力を振るわれるとお母さんの態度はどうでしたか」

「分かった、分かったとか、その」

「例えば逃げ出すとか、その場で泣き叫ぶとか、逆に反抗していくとかいろいろ考えられるわけよね。あんまり反抗せずに殴られてたほうですか」

「はい」

「おやじさんのそういう暴力的な傾向は、お母さんに対してだけですか」

「いや、殴っても警察沙汰にならんような相手だったらやってるんだ」

「それは兄貴に対してもですか」

「はい」

「あなたなんかしょっちゅう殴られたという記憶ですか」

「そんなしょっちゅうじゃないけどね」

「あなたが理不尽に殴られたというふうに思い出したことがありますか」

「はい、そういうこともあります。しょうもないことで木刀みたいなものでぼこぼこにされた」

「どんなとこを殴られたんですか」

「頭とか」

「大きなこぶをつくるというふうなことかね」

「はい」

「顔もかな」

「顔はなかったと思います」

「体は」

「木刀で殴られた。木刀いうか居合道の刀」

「それはおやじさんにも覚えがあってね。これは刃がついていない。しかし金属製ですよね」

（うなずく）

「何か折れちゃったという話があるんですけども、そうですか」

「はい」

「その時おやじさんもそこまで怒るんだから何か理由があったんでしょう」

「机の上を散らかしてる言うて、ほんまほんでそれをまとめて風呂の焚き口に置いてるから頭下げに来な、その教科書とか全部燃やしてしまうから言うて警告されて。それを無視して寝とったら、夜中いきなり来てやられた」

「もう中学一年生だったから何言われているかよう分かるわね。お父ちゃんが何で怒ってるか分かるでしょう。あなた聞かなかったわけね」

「それは覚えてないです」

「あなたにしてみればどこが理不尽だと思ったの」

「そんなしょうもないことで、ぼこぼこにすること自体がおかしいと思った」

「体罰が激し過ぎて、あなたお父さんに対してどう思ったの」

「その内やり返したるぐらい思った」

「中学一年生ではおやじさんに対抗したら、まだかなわんね」

「はい」

「その内というのは、自分がもっと大きくなって強くなったらと、そういう意味ですか」
「ちらと思ったけど、寝てる間に包丁で刺してもうたろうかと考えた」
「あなたは後になってもいろいろおやじさんに憎しみのことは口にするんですが、今言ったのは、おやじさんの体罰に反抗して、おやじさんが寝てる内に刺し殺そうなんて、ちらと考えた」
「はい」
「それはまたちょっと極端に話が飛躍してるかと思うんだけど、おやじさんのやり過ぎで今度はあなたは殺してしまおうかなんて思いますか」
「今となったらやっとけばよかったな、もっと違う人生もあったやろうなと」
「どういう意味ですか、今のは」

「そんな懲役にも行かんでもええし、子供やから」

「本当にそんなこと考えたの」

「いや今となってそう思う。あの時子供の時刺し殺してたら、子供だから懲役に行かんでええ」

「おやじはいないから別の人生があったかもしらんと、そういう意味ですか」

「はい」

「今私とあなたとこうした問答してる内にその話は思いついた、それで口にしたということかな」

「その時はそんな具体的に考える頭持っている人間とは違《ちご》うたからね」

裁判官とのこうしたやり取りをうかがえば、成人してからの彼の所行の裏に幼い頃彼が体験した家庭内での父親からの暴力沙汰が強い引き金としてあったという柳田氏の言う因果関係を否定しきれるものではない気がしないでもない。

しかし宅間守という一人の男がそれからたどる人生の軌跡が彼が幼児の頃から体験した、母親までも巻き添えにした暴力沙汰全てに起因すると一概に言い切れるものだろうか。

そして冒頭に記した全てを超越した人間にとって絶対的な蓋然性のDNAなるものについて彼を生み出した異形な父親が口走ったことに私は立ちすくまぬわけにはいかない。


とまれ私としてはこの地上に生命を付与して私たちを存在として与えた神のいかなる意思が宅間守という一人の男を使役した異形な事実を事実としてたどることで、人間の宿命についてせめても納得を得られればと思うのだが。

強姦事件による少年刑務所での服役を終えた出所直後から母親の精神状態がおかしくなり一日中何もせずに寝転がるだけで、たまに起き上がっても座ったまま宙に目を据え放心して動かず、明らかに精神に異常をきたすようになったという。彼が二十五歳の折だった。そうした家庭事情の中、彼は父親と衝突し勘当されて家を追い出され、伊丹から豊中に移転した。

平成二年、何の衝動に駆られてか彼は看護婦に憧れ看護婦とのセックスをしきりに夢見て、看護婦試験の合格者名簿を手に入れ片っ端から電話をかけまくり、兵庫医科大学の泌尿器科の医師を装い十九歳年上の当時四十五歳の女と知り合い結婚した。しかし医師詐称が女にバレてしまい相手の女から婚姻取り消しの調停が申し立てられ、わずか三ケ月で最初の結婚は破綻してしまった。

それから半月余り後に彼はまた結婚を果たす。相手は二十歳上の『日本沈没』で有名な作家小松左京氏の実妹で彼の出身校の恩師だった。彼女が彼の何を見込んで結婚に踏み切ったのかは分からない。一種の母性本能に駆られたのかもしれぬが、彼が彼女を慕って選んだのは母親を求めてのある種の本能だったような気がするが。いずれにしてもこれも異常な取り合わせとしか言いようがない。

この結婚は四年続いたが、やがて彼がテレホンクラブで知り合った女を強姦してしまい、それが事件として知れ渡り、不起訴とはなったがそれが引き金となって妻は逃れるように身を引いてしまったのだった。

平成七年、市のバスの運転手として働いている時に、給油中、スタンドの職員の手が自分に当たったと言いがかりをつけて相手を殴りつけ文書訓告処分を受けたが不起訴ですんだ。

そして同年十一月、市のバスの事務所に清掃係として働いていた七十五歳の老婆と気が合ったということで養子縁組をしたものだった。養子は金目的とも思われるが、彼女の養子になることで名前が変わり世間的には前科が消えることにもなる。

以来、彼は相手を何と呼びながらかは分からぬが、養母の家に同居して暮らすようになる。そんな二人の暮らしぶりがどんなものだったかは分からぬが、思うに異様なものだ。

養子縁組に至る事の起こりはその老婆が掃除の最中にモップを洗うバケツを誤って引っくり返し汚水が通りかかった職員の靴とズボンを濡らしてしまい、怒ったその男が彼女の肩を小突いて怒鳴りつけたのを見て、何故か宅間が激昂してその相手を殴りつけ大騒ぎになってしまったことだった。過ちは彼女のほうにあったのは確かだが、老齢のために同情は彼女のほうに集まり彼女は救われたのだった。以来、彼女は彼への感謝から持参する昼食のおかずを彼の分まで作るようになった。そんなことで二人の仲は親密なものになっていき、連れ合いをとうに亡くして子供もなしに一人身だった彼女は非番の日の彼を家に招いて食事をさせたりするようにもなった。

前述のように実質母親を失っていた彼にとって高齢の老婆は一種母親の代行のような存在となり、深層にあったろう孤独感からか彼が彼女のことを母さんと呼んだりしている内に、老婆も己の行く末を想ってのことからか彼を子供のように思うようになり結果、養子縁組になった。そして彼は彼女の家に同居し、そこから勤め先に通うようにもなった。

しかしある時、市営のバスを運転中、突然何が癇に障ったのか運転席のすぐ後ろに座っていた女の客を怒鳴りつけ、運転に差しつかえるから後ろの席に移れと叫びだした。

その理由は相手が身につけていた香水の匂いが強くて気に入らぬということだった。客を睨みつけ、

「いいかあっ、運転手にだって客を選ぶ権利があるんだぞおっ」

大声で喚く彼の剣幕に驚いたその客は身をすさらせて後ろの席に移ったが、周りの客たちも運転手のあまりの横柄な剣幕に驚いてざわめいた。

後日、件《くだん》の女性客は一緒にいた友達の女性を証人に立てて市に電話で抗議してき、市は同乗していた車掌に事を質して確かめた上で彼を懲戒処分に付しゴミの収集係に転出させてしまった。

第四章

結婚

※本章の一部は、著者が事実関係を基に創作したものです。

三十三歳の時、彼はねるとんパーティなる医師や弁護士など社会的エリートたちの催すパーティに公務員を詐称して潜り込んで出席し、そこで三度目の妻となる女性、本宮和子（仮名）と出会うことになる。そして「この世で一緒になれないならあの世で一緒になる」と彼女への殺意さえ込めた、まさに殺し文句で強引に結婚を迫った。

「それはどういうことなんですか」

聞き返してきた相手に、

「僕は今まで家庭的にも恵まれずに挫折を重ねてきたんだ。はじめはパイロットになろうとして自衛隊に入ったが、上官と衝突してうまくいかなかった。その後、弁護士になろうと頑張ったが、わずかなことで試験に通らなかった。その目的はまだ捨ててはいないけど、あとひと踏ん張りしようとしても親たちとうまくいかずにいらいらしているんだよ。だから心の支えが欲しいんです。あなたはそんな俺を支えてくれるような気がしているんだ。あんたをひと目見てそう感じたんだ。これが俺の人生の最後のチャンスだと感じたんですよ。だからそれが駄目ならあきらめて、あんたをこの手で殺して俺も死のうと感じたんだ。そういうことなんだよ」

思いつめた顔で険しいほどの目で見据えてくる男に、彼女は今まで出会った他のどんな男にも感じることのなかった一途で激しいものを感じ気圧される思いがしていた。

生来気丈で理知的だった彼女にとって、ついさっき出会った男からの激しく唐突なプロポーズは生まれて初めて味わう鮮烈なものに感じられた。そう感じて見直すと男は鼻筋の通った男っぽい顔つきの、しかしどこか暗い翳《かげ》がある相手だった。平凡な家庭に育ち、当たり前の学校を出て平凡に過ごしてきた今までの彼女の人生に初めて常識を破っての仕草で強引に踏み込もうとしてくる男に、彼女は不安ながらふとときめきのようなものを感じてもいたのだろう。

宅間にとってもある選ばれたとされる者たちの集いの中で行き会ったこの女は、今までの誰とも違って物怖じせず真っ直ぐに自分を見返してくる正気な相手に感じられた。

その場では再会を約束して別れたが、彼女の職場に翌日に電話してデートに誘い彼女も応じてきた。四度目のデートで自分のアパートに誘ってみたが彼女は応じてこなかった。五度目のデートでは部屋に来ようとはしない彼女を実家の前まで送っていって家に向かう路地の入り口で彼女を引き止め、ポケットから取り出したナイフを彼女の喉元に突きつけ、

「あんたが俺をどうしても嫌いというなら、前に言ったとおり俺はここで

君の喉を切ってから俺も自分で心臓を刺して死んでみせる」

喉元に押し当てられた刃物の冷たい感触に彼女は怯えてのけぞり、彼女の体の内で何かが音を立てて崩れ落ちるような気がしていた。そして彼女は彼に引き立てられるまま彼の部屋まで従っていき引き入れられた。

組み敷いて晒しだした彼女の体は外見に比べて豊満でセックスの中でも激しく応えてきた。互いにいき果てた後、彼は彼女をこんな女に仕立てた見も知らぬ今までの相手の男に激しく嫉妬していた。思わずそれを口にしてみせた彼を彼女は確かめるように見返し、それがいっそう彼の心を揺さぶり、彼はもう一度彼女に覆いかぶさり突き入った。

そして次のデートの折に彼は彼女との結婚を求め、彼女は承諾したのだ。

三度目の妻の和子は二歳年上の加古川在住の女性で、結婚式は彼女の親族と宅間の親族二名が集まり写真を撮るだけの簡素なものとし彼女は正式に入籍された。宅間は結婚式に父親の出席を執拗に求めたが、何故か父親はそれに応じることはなかった。

後に知れたことだが、新婚旅行の最中に他の旅行客が横から彼女をビデオカメラで撮影したとして彼が怒りだし相手のビデオテープを抜き取り捨てさせる出来事があった。

しかも新婚旅行先でスーツケースの鍵をめぐっての揉め事で新婚早々の妻に手を上げ殴ったりまでしていた。

結婚後、和子は早々に妊娠したが、身重の妻にまで彼は暴力を振るい彼女は思い切って中絶してしまった。

しかしその後間もなく養子縁組していた女性が和子の実家を訪れて詐称が発覚し、興信所の調査で彼の離婚歴と過去の悪行を知った和子はその時離婚を決意し彼にそう告げたが、逆上した宅間はビール瓶を割って彼女に摑みかかりそれで顔を切り裂いてやると喚き、仰天した和子は這って家を逃げ出し実家に戻ってしまった。

取り残された宅間は連日復縁を迫って彼女の実家に電話してき、包丁を買ったからそれを持って家に押し入って殺してやると脅し続け、和子はたまらずに神戸地裁に離婚調停を申し出たが、それをかわすために彼はまた精神病院に通い始めた。病院の診断はまた同じ神経症だったが、和子側が二百万円を払うことで離婚が成立したのだった。

それでも別れた彼女への彼の執着は断ちがたく、ストーカー行為を続けては彼女の勤務先にまで押しかけて彼女は退職に追い込まれてしまった。

後になって二人の結婚生活が彼女の思いもかけず荒廃してしまった中で離婚を思い立ち実家に逃れて戻った時、彼女は自分が何故あんな男に魅かれ結婚に踏み切ったのかを自分に問うて思い返してみた。後に彼が自分への未練が断ち切れぬままにあんな事件を起こしたと知って、それと思い併せて自分が結局彼の備えた異常さに幻惑されたのだと悟り直してもいた。しかしなお彼の鮮烈な異常さは、何の言い訳にもなるまいが彼女のそれまでの平凡な人生にとって新鮮なものではあった。

この間にも彼が示した奇行の一つに何故か子供に対する憎しみの表示でか、伊丹の小学校で技能員として働く最中ゴミの始末が悪いと突然子供たちを小突いたり怒鳴りつけたり、はては唾を吐きかけたりして子供たちから訴えられたり父兄から苦情が出されたりもしている。

その後にも別れた妻和子に追いすがって頭を壁に打ちつけるという暴行の咎《とが》により傷害容疑で逮捕され、罰金十五万円の略式命令を受けるなどし、結局解雇されてしまった。

その翌年、本籍地を伊丹市から豊中市へ変更し離婚歴を白紙にしてしまってもいる。これらの処置はかつては弁護士になることを夢見たという本人ならではの狡猾《こうかつ》な措置ともいえそうだ。


和子に逃げられてから間もなく彼は四度目の結婚を果たす。相手は保育園の保育士で三つ年下の世間知らずの女性だった。事の切っ掛けは買い物に行ったコンビニの駐車場で彼の車の脇にバックで割り込んできた彼女の車が運転の誤りで彼の車に軽い接触事故を起こしてしまったことだった。

出来事の非は彼女の側にあったので咎めた彼の剣幕に驚いた彼女が泣き出して地面に手をついて謝る仕草に彼がついほだされて、いつもの自分に似合わずに許してしまい、恐縮する相手に巧みにつけこんで誘惑し強引に関係を持って結婚に持ち込んでしまった。

一年後、彼女は女の子を出産したが、その間彼の周辺に彼の作為には関わりなしにいろいろな出来事が頻発していった。第一に彼の母親が精神に異常をきたして手を焼いた父親が介護を放り出し精神病院に送り込んでしまった。それに付随して彼も傷病手当を目当てに精神病院に駆け込んだが、診断はやはり神経症ということで投薬すら断られている。

妊娠中の妻をさておいて関係を持った商売女のホテトル嬢と二重結婚を約束して多額の金を貢がせ捨て去り、そのために多額の借金を抱えた相手の女は自殺に追い込まれてしまった。

加えて彼の実兄が事業に失敗したあげくに離婚し、頸部を切って自殺してしまった。

さらに用務員として勤めている小学校で宿直の用務員室でアダルトビデオを

眺めながらオナニーをしているのを教師に見られて咎められ、逆切れしてその報復にその教師の飲み物に多量の精神安定剤を混入して発覚し傷害事件として告発されたが、精神異常を理由に不起訴となった。

その間も別れた三度目の妻和子への未練が断ちがたくサラ金で借金をし、さらに二度目の妻からも強引に金を借りて和子に新しい男ができてはいまいかと素行調査を依頼して結果が全く白と判明したが、二百万円ほどの調査費の請求には応じずに、それを請求した調査員を脅して費用を踏み倒してしまった。

教師の飲み物への異物混入事件で逮捕勾留中、地検から嘱託された医師は当人は精神不安定状態であり措置入院させて治療する必要があると、兵庫県知事に対して『精神保健及び精神障害者福祉に関する法律第二十五条』に基づいた通報を行っている。これはその後、彼が起こした事件からして正確な危険予報ともいえるに違いない。

第五章

発端

強姦に始まる四度の結婚を繰り返した宅間にとって女の存在はいかなる意味合いがあったのだろうか。事件後の裁判でのやり取りの中で彼はあからさまにそれを語っている。

（判事が）

「平成六年にテレクラの女性と問題を起こし告訴され二番目の奥さんと離婚しているが、このテレクラの女性から告訴されたことについて自分としたら何か思いを深めたということがありますか」

「はい、あります」

「どういうこと」

「女の嘘を鵜呑みにして、ようあんな簡単に警察が逮捕するもんやな思うて。金やる言うて金やらんかった、契約不履行しただけのことやのに、それを嘘っぱち言うたことを真に受けて、日本の警察があんなに簡単に逮捕するもんやなと思うた」

「警察や女性に対するいわば憎しみ、怒りの念を深めた、そういうことになりますか」

「はい」

「それだけか」

「はい。それとやっぱり金やる言うたら、五千円でも払《はろ》とったらよかったな思うて」

「それ以上に思いませんか。自分がばかげたことをしたと思いませんでしたか」

「それは……なんせあんまり、金やる言うてやらんかっただけやから。まして向こう売春目的の女やし、それは悪いことしたとは、相手が悪かったという程度」

「テレクラ遊びで金を払わんかったなんていう体験はこの時以外にもだいぶあるんですか」

「何回もあります」

「それはいつ頃からいつ頃の話ですか」

「トラックに乗ってる時、平成四年から平成十三年までやっとったんです」

「その間に、回数的にはどうなりますか」

「三十回から五十回はやってます。約ね」

「で、被害届を出されたのは何回ありますか」

「その一回だけです」

「だとすると、むしろあなたは全部成功したというふうに学んだんじゃないの」

「はい」

「そのテレクラの女性の強姦告訴があって、二番目の奥さんとも離婚になる、もうやめようということになりませんか」

「それで学んで五千円か一万円渡すようにしとった」

「そっちの方向で学んだ」

「告訴されんようにちょっとは渡さんとあかんなと思うて」

「あなたは平成七年に坂本さん（仮名）という方と養子縁組していますね。どういう時に知り合った方ですか。あなたはまあいろいろ問題があるにしろ、母親も父親もあるわけで坂本さんと養子縁組することに抵抗感はありませんでしたか」

「全然ないです」

「どういうところで意気投合したんですか」

「何か食べる物作ってくれるし、年寄りの割にはけっこう頭がはしってることもあるし」

「あなたと話が合った」

「はい」

「養子縁組するということは、あなたがその方の面倒を見ないといかん、老後の面倒を見ないかんということは分かってましたか」

「はい」

「そういう覚悟のもとに養子縁組したんですか」

「最初はそうです」

「最初はそうだった。途中でなくなったのかな」

「はい」

「いつ頃からどんなことがあってそんな気がなくなった」
「途中で結婚する時にそういう年寄りを背負っとったらかなりハンディがあるのが分かったから」
「じゃ、自分の都合だ、それは」
「はい」
「何か金銭的なトラブルはありませんでしたか」
「はい、ありました」
「詳しくは言いませんけれども、あなたのほうがむしろ金銭を出さしたと、そういう経過でね」
「はい」
「当初は喜んで出してくれておったでしょう」
「はい」

「車なんか買ってもらったようだね」
「いや、車買うからいうて言うただけで」
「それは言っただけ」
「はい」
「しかし何度も何度も言ってたら、嫌がられるわね」
「それは言っただけ」
「離縁になりましたが、これは円満離縁ですか」
「円満です」
「坂本さんはずっとあなたのことを恨みに思っていたようだけれどもね、分かりますか」
「はい」
「何が恨みに思われたと、自分では理解していますか」

「都合のええ時だけ利用したみたいな」
「それは事実に反してますか、事実ですか」
「まあそう思われても仕方ない」
「三度目の奥さん、和子さんの時に坂本さんのとった行動はあなた理解できなかった」
「理解示すと同時に、別にそんな行動とらんかったとしてもかめへんことや」
「とらなかってもいいじゃないか、という気持ちもあった」
「はい」
「あなたはねるとんパーティとかいうお見合いパーティなんかを利用しだしたのはいつ頃からですか」
「平成六年ぐらいからです」

「二番目の奥さんと別れた後の話ですか」
「はい」
「今振り返ってみて、二番目の奥さんとは全体的に言うと四年という短い、そんなに長いとは言えない期間ですけども、あなたの結婚歴から言うと長い期間一緒にうまくやれてましたでしょう」
「はい」
「他の方とはうまくいかなかった」
「はい」
「何がどう違うのかな」
「包容力です」
「二番目の奥さんにはそれがあった」
「はい」

「あなたの言ってみればわがままもいろいろ聞いてくれたということになるのかな」
「はい」
「じゃあ彼女のほうが了解してくれるならば、あなたは結婚生活を続けてもよかった」
「そうじゃないですね」
「一方で嫌気も出ておったの」
「はい」
「そうすると、向こうから離婚の申し出があった時には、あなたはそんなに抵抗せずに受け入れたことになりますか」
「はい」
「で、その後でよくお見合いパーティを利用して相手を探すようになったということになりますか」
「はい」
「三番目の奥さんとも、このお見合いパーティで知り合ったんでしたね」
「はい」
ここで横山弁護人が、
「あなたは前の奥さんと離婚してでも、三番目の奥さんと結婚したいというふうに思いましたよね」
「はい」
「この方というのはあなたの数少ない大切な人だと思うんですが、それは間違いないですか」
「はい」
「まあ今は別だとして、当時はそう思ったということでよろしいですか」

「はい」

「あなたから見て、この人は大切な人だとか、好きだと、愛しているというとオーバーな言い方ですが、大切な人だという人は、あなたの人生の中で何人ぐらいいますか」

「関わったたん全部そうやったけどね」

「特に挙げればこの和子さんと、他にいますか」

「坂本のおばはんもそうやし、二番目も一番目もそう」

「坂本のおばさんも、それから二番目の奥さんも、それから三番目の奥さんの和子さんも大切だということやね」

「はい」

「じゃあ聞きます。なぜ大切なんですか」

「自分と結婚したからです」

「その他にありますか。それは結果だよね、結婚してくれたというのは、どういうところがあったから、どういうことをしてくれたから大切だと思ったということがありますか」

「食べる物作ってくれるからです」

「その他には」

「性的処理をさしてくれるからです」

「その他には」

「思いつけへん」

「そうすると、食べ物を作ってくれたり、あるいは身の回りの世話をしてくれたり、性的な欲求の対象であったり、ということがあなたにとって大切な人だという理由なんですか」

「まあそういうことです」

「和子さんとはお見合いパーティを通じて知り合いましたね」
「はい」
「彼女の証言によると、あなたは非常にさわやかだったというふうに言っているんですが、あれはあなた演技していたの」
「演技や言われてみたら演技」
「どういう感じで演技したんですか」
「歩く時だけ、ほんまは気になるんやけど、人を見たりせんと真っ直ぐ歩いた」
「あなた、ふだんは大変人が気になるんやね」
「はい」
「その和子さんとの初めてのパーティの時もとても気になった」
「はい」

「でも、それを抑えてさわやかな公務員という役を演じたということかな」

「はい」

「あなたは会った当日に結婚を申し込んでいますね」

「はい」

「ひと目惚れという言葉があるけれども、当日に結婚を申し込むというのは少しあせり過ぎのような気もするんですが、あなたが結婚を申し込んだ理由は何故ですか」

「海千山千根性で、別に嫌われてもええし、そういうええかげんな気持ちやったんです」

「それはあなたの方法の問題やね。そういう方法でちょっと極端だけども、びっくりさせるかもしれないが、申し込もうと思った理由は」

「自分の好みやったからです」

「それは顔ですか」

「はい」

「するとあなたにとっては、顔が自分の好みだったら結婚してもいい、結婚したいというふうに思うわけですか」

「それだけではないです」

「その人の性格というのは考えませんか」

「まあ考えることは考える」

「彼女に対しては性格なんかを考えて結婚を申し込みましたか」

「いや、その時は分からへん」

「それで入籍するまでですが、こういうことは言ったことがありますか。どこへ逃げても探し出す。全財産をなげうってでも必ず探し出す。だから一緒になってくれと、そういうことを言った記憶はありますか」
「言ったかも……あまり覚えてないです」
「この世で一緒になれないなら、あの世で一緒になるしかない、君を殺して僕も死ぬ、そういうことを言った記憶はありますか」
「言うたと思います」
「別れ話を切り出されて、彼女の住んでいる地域には何とかいう名字全員が親戚だというふうに脅したということはありますか」
「はい」
「そこで聞きますが、脅して結婚できる、脅して人の気持ちが手に入るとあなたその時思ったの」
「当時は多少そういうことはありました」
「普通の恋愛でいくならば、なかなか相手に自分のことを好きになってもらうというのは、それだけでも大変なことなんだけれども、脅したら自分のことを好きになってもらえるという理由は、あなたの頭の中にはどんなふうになっているのかな」
「ちょっと分からへんです」
「あなたはよく打算、打算と言うけれども、あなたの言う打算とかいうのがそこにかかってくるわけ」
「はい」
「この後あなたにまた聞きますが、彼女と調停離婚した後もかなりいろんな嫌がらせをしてるよね」
「はい」
「こういうのはあなたが言う打算と関係してくるんじゃないの」
「はい」

「嫌がらせをしたら、それを嫌ってあなたのところへ戻ってくるんじゃないか、当時もそういう思いは、当時というのは結婚する前も、そういう思いはありましたか」

「そういう感覚はあったです」

「ちなみに今でもそう思ってる」

「いや、思ってないです」

「いろいろ紆余曲折があって、あなたは彼女と入籍してますよね」

「はい」

「あなたとしては結婚できてうれしかった」

「はい」

「どんなふうにうれしかったですか」

「普通の恋人とかそんなんよりも、逃げられる可能性が低くなったこと、毎日一緒に暮らせること」
「じゃあ和子さんを大切にしようというふうに思いましたか」
「まあ思いました」
「その大切にする方法なんですが、どうしようと思いましたか」
「そういうことはあんまり考えへんかった」
「大切にしようという気持ちはあるけれども、具体的な方法が分からないということですか」
「はい」
「生活を成り立たせるために働いた、これも大切なことだと思うんですが、それ以外に夫として奥さんをどう大切にしようかということはあまり考えてなかった」
「あまり考えんかったです」

「逆にいうと、給料を持って帰ればいいかという感じでしたか」
「そうは思わんかったけど」
「あなた方は共働きでしたよね」
「はい」
「奥さんが疲れている時は、あなたはお皿を洗ったりしてあげましたよね」
「はい」
「そういう思いやりは持っていた」
「それはありました」
「だからあなたにも相手を大切にして、普通に生活をしていきたいという希望があったと理解してよろしいですか」
「はい」

「そこで彼女との共同生活で、あなたの癖というのかな、そういうのがいくつかトラブルになったことがありましたね」

「はい」

「それについてちょっと聞きますが、彼女はあなたが結婚した当初と違って物音に敏感で、人の目を気にする、そういう癖が非常によく見えるようになったというふうに言ってました。あなたは他人からそう言われても当然だと思いますか」

「その相手にもよると思います」

「ならば具体的に聞きますが、和子さんと新婚旅行で香港に行った時、近くで食事をしていた家族連れのお父さんが撮っていたビデオの中身のテープを捨てさせたということがありましたね」

「はい」

「その家族は彼女と少し離れたところに座っていたというふうに彼女は言っているんですが」

「離れたところに座っとったか知らんけど、ビデオを持って近づいてきて撮ったんです。座ってたのは離れたとこだったが近づいてきて撮ったんです」

「あなたとしてはそのビデオに彼女が撮られたと思ったわけですね」

「はい」

「あなたとしてはそのビデオテープに彼女が映っているということでテープを捨てさせましたね」

「はい」

「何故テープに彼女が映ってたらいけないんですか」

「ちょっとというか、三十秒ぐらいじっとアングル向けとったから旦那のわしがおんのに、横に座ってるのに。それを無視してやるいうことは、わしをなめとるんか、こいつは、という気持ちになったんです」

「ただ三十秒向けたのは彼女をもろに撮るためにしたというわけじゃないよね」

「いや、どう考えても角度、その角度やったんです」

「あなたとしては何故そこまでこだわったんですか」

「こっちが不愉快やから。大勢おる前でかましかけて、人の前で恥、不愉快な思いさしたろうと思うたんです」

「それはあなたがいつも言う、自分が不愉快にさせられたら、人も不愉快にさせたいということですか」

「はい」

「このことに関して、日本に帰ってから彼女と喧嘩になったことがありましたね」

「はい」

「彼女に対して、自分がいつも正しいと、自分と違うことをおまえが言う時には、おまえが間違ってた、そういうふうに思え、というふうに言ったことはありますか」

「その意味は……とにかくじろっと見たり、陰湿な目付きでこっちを見たり今まで何千回とやられてきたけど、病的に思い込んでるんと違《ちご》うて、ほんまやられてるんです。こっちがやられた時はほんまにやられたんです。そういうやられたことに対しての被害妄想とかそんなんと違うて、ほんまにやられてるんです。じろっと見られたり、ばかにしたような目付きでじろっと見られたり、相手に突っ込んで聞いたら否定しよるけど、二人だけになって山でも連れていってかましたら、絶対白状しよるんです。だから自分のやられたこととか、水掛け論の話は自分が全部正しいと、信念持って思ってるから。水掛け論のことは全部、意見が対立した時はおまえが間違ってるんや思え、こっちが正しいんやいうて、それは今でも思うてることです」

「人から見られた時に、その人の内心に悪意があるかどうか、ばかにしているかどうか、ばかにして見たかどうかということは普通は分からないんだけれども、あなたには分かるんですか」

「分かります」

「それは何によって分かるんですか」

「目の雰囲気とか、挙動とか、本人の顔つきとか、何となく分かります」

「挙動って、どんな挙動ですか」

「何か雰囲気です」

「目付きというのはどんな目付きですか」

「ばかにしたような目付きとか」

「そうすると、あなたがそう判断したこと以外に、違うことを言われたら、それは彼女が間違っているんだということを言ったわけね」

「はい」

「日本に帰ってきてから初めて彼女に暴力を振るったということがありますね」

「はい」

「これの切っ掛けというのは何ですか」

「香港でのことをごちゃごちゃ言うて、枕持って部屋の中で暴れよったから、ええかげんにしとけよという意味で髪の毛を掴んだんです。あれで新婚旅行気分を台なしにされた言うて暴れよったから」

「和子さんに聞くと日本に帰ってマンションの一階の部屋に住むようになってからあなたはことごとに、子供たちまで含めて周りの人たちの目をしきりに気にするようになっていますね。和子さんとしては日本に帰ってきてからもあなたがそういうふうに人の視線をとても気にする、また悪意にとるというのが分かっていたんだよね」

「はい」

「あなたがバイクに乗って出勤する際、彼女はそこからあなたを見送っていた。しかし途中通行人と擦れ違うたび、あなたが相手を振り返ってじろじろ見ているのでそれを注意した、そういうことがありましたか」

「一回やっただけで、しょっちゅうそんなことはやってないです」

「彼女によるとそう注意したらあなたからこう言われたというが。おまえは分かっていない、よく見ないといけない。目が合っただけで家の窓ガラスを割りに来る奴もいるのだぞと。こういうことを言った記憶はありますか」

「言うたと思うけど、その時その流れで言うたんではないです」

「それ、どういうことなんですかね」

「じろっと見られたことで、それで不愉快になって、後で夜中でもガラス割りに仕返しに来る、そういうことです」

「見られただけで不愉快になるのはあなたですよね」

「はい、他にも同じような気質の奴は何百人に一人おるかも分からん」

「そうすると、自分のような人間が他にもおるかもしれない。そういう人が夜、分からないうちに窓ガラスでも割りに来るかもしれないということですか」

「はい」

「当時はそういうふうに本当に思っていたのですか」

「思うてました」

「そのために、あなたが目の合う人、合う人を威嚇的に見てたということですか」

「何か知らんけど、マンションの一階なんかに住んだことなかって、道歩く奴歩く奴が大半やって、何でいちいち見ながら歩きやがる思って、とにかく腹立っとったんです」

「他人の視線が気になるというのは、さっき戸谷弁護人から十七歳という手紙の中で触れられましたね。他人の視線が気になるというのは、昔からあったの」

「いや、別に。誰彼なしに見られたら腹立つ、気になるんと違《ちご》うて、中に愛嬌のある、悪意のない視線も、そりゃ、そういう視線やったら別に何ぼ見られても腹立たん人も中にはおるんです。そやけど、生理的にむかつくようなあれで、じろじろ見られたりすると、殺したくなるぐらい腹立つんです」

「不愉快に思って人の視線に腹が立つことは、年々大きくなっていきましたか」

「まあずっと平行線です」

「例えば十七歳の頃と、この和子さんと結婚した三十三歳の頃と比べると、変わっていますか」

「三十三の時のほうがきつかったん違うかな」


以上、彼の弁護を務めた戸谷弁護士から手渡された宅間守の公判における判事とのやり取りの記録の大方の転載である。読む者はこれによって一体何を読

み取ることができるというのだろうか。彼の起こした事件そのものが前代未聞のものだが、この会話そのものもいかにも奇態で日常性をはるかに超えているとしか言いようがない。

注目すべきは公判の推移に沿って彼の三度目の結婚についての尋問が進むにつれて、妻の和子の供述によって結婚生活の中での彼の異常な言動が彼の精神とまでは言わずとも彼の神経の乱れを明らかにしていったことだった。

その発端はすでに二人の香港への新婚旅行の際のレストランでの、隣の席にいた客が格別の意図もなしに回していたビデオカメラに彼がつけたクレームだったといえそうだ。

しかし四度も結婚し、その間強姦や買春を繰り返し続けてきた性的に乱れ放埒な宅間が、三度目の結婚相手の和子に過剰に執着し復縁を懇願した所以《ゆえん》は一体何だったのだろうか。そこには人生なるものの誰が、何が仕組んだのかうかがい知れぬ、いかなる人間の想像も超えた神秘ともいえる感情の仕組みがうかがえる。宅間にとっての彼女との出会いは余人から眺めれば何百兆分の一の可能性といえたのかもしれない。

そして自業自得による彼女の喪失が彼を自棄に追い込んであの無惨な凶行に及ばせたのだった。その彼を彼の属する世間社会は凶行の責任を当然問う裁判という手続きによって裁かなくてはならない。その手続きには法に則っての裁判という形態が必要とされてくる。そしてその形態のためには社会が容認した資格を備えた弁護士が不可欠ともなる。

大阪の弁護士会はまずそのことで慎重にならざるを得なかった。前にも述べた私が興味を抱いて小説に取り上げた、拳銃欲しさに警官をおびき出して二人を殺害しその拳銃を奪い乱射事件を起こした片桐操の公判には、事件からして検察側の心証の悪さを熟知していた刑事専門の弁護士のなり手は現れず、民事専門の弁護士が経験のためにと国選弁護人を務めはしたが、宅間守が一方的に起こした事件の無惨さ異常さの故に弁護人のなり手はありはしなかった。

しかし大阪の弁護士会としては、熟議のすえ戸谷氏にその役を割り振ったのだった。世間からすれば、極悪人の弁護を引き受けた者はその職掌を無視されて悪人に味方する悪人の一人と見立てられ世間の指弾の対象にされてしまった。

そんな立場に追い込まれた者としてはいかに弁護の術に長《た》けていたとしてもなお縋《すが》るところは、この異常な事件を起こした異形な人物の異常な事件の芯にある、余人には覗いてうかがい知ることのできぬあの出来事の、引き金を引いた当人の芯の芯にある何かを摑んで触れたいと願わぬわけにはいかなかったろう。

そしてそれは弁護士や検事、あるいは判事といった法律の専門家ならぬ、異形な人間の恐らくそれも異形な心の深層を探って触れることのできる誰か、その相手と同じ、ある人間の手によるしかありはしまいと思い立った。

裁判のための法廷で判事と交されたやり取りから浮き彫りにされている被告の異常な経歴に関わる異常な供述から浮かび上がる異形な彼の芯の芯に潜んでいるマグマについて詳しく捉えて知らなくては、弁護を超えての物事の決定的な解明などあり得まいという心象だった。


ということで、そのきわめて重要な作業は臨床心理士の長谷川氏に委ねられることになった。

以下はその長谷川氏に私自身が面接し、氏の許しを得て録音した氏との会話の記録の全てだ。事件から長い月日が過ぎ宅間の死刑がすでに執行され、さらに月日が過ぎたせいもあって氏は忌憚《きたん》なく私と面接してくれ、長い時間を割いて私の問いに答えてくださった会話の全てだ。

第六章

長谷川臨床心理士取材インタビュー

「彼（宅間）が私にすごくなつきまして、行くとうれしそうにする。何でもしゃべる、先生はわしの味方だと言う。で、先生しかおらんと。そういう関係性ができたので、彼の親との葛藤を解消できれば被害児の親に対しても彼にそれなりの謝罪の気持ちが生まれてくる可能性があると思い、それを最初から目指していたのです。

柳田邦男氏が引用しているように、殺された子供たちの立場からすれば無念だっただろうなとか、子供たちに何の罪もないとか、彼は子供の視線に立てるのですね。でも親に対しては最後まで敵視しているのです。そこで私は彼の自分の親に対するわだかまった感情が邪魔していると考えたわけです。そのわだかまりを解くカウンセリングを続けることによって、被害児の親に対しても思いを馳せることができるようになるのではないかと考えました。それが一番の目的でした。

死刑という判決は変わらないにしても、最後に少しでも彼に人間の姿、言葉を残して終わってもらいたかったという思いがありました」

——実際にドメスティックバイオレンスはそんなに酷いものだったのですか？

「激しかったですね」

——お父さんはタクシーの運転手をやっていたのですか？

「お父さんは途中から仕事につかず家で酒浸りの状態で、母親の資産を切り崩して暮らしていたと本人が言っていました。彼は母親に対しても複雑な思いを抱えていて、どうしてあんな親父と別れないんだ、どうして殴られてお金を使われるだけなのに別れないんだ、という不満を小さい頃から持っています」

——兄さんも自殺していますね？　兄さんもやはりドメスティックバイオ

レンスの対象だったのですか？

「そうですね。父の母に対する暴力を目撃するということと、自身も虐待を受けていました」

――お母さんが宅間を妊娠した時、産みたくない産みたくないと言った理由は何なのでしょうか？　その母の思いは後に宅間は直接聞かされているのですか？

「確たる証拠はありませんが、他の文献を引用して書かれているんですけど、彼はそれを聞いているはずだろうと。

これはある精神科医が書いた『人格障害』という本の、彼が控訴取り下げで読んでほしいと言った部分のコピーですが、ここにある書き込みは彼の文字です。『人格障害』の第一章の〈宅間守〉で〈歓迎されない出生〉〈生まれてくるべきではなかった〉と記されているページにはことごとく折り目がつけられています。本人は自分の発言を全て公開していいと言っていますので、必要であればこの部分のコピーを差し上げます。

彼は〈彼を妊娠した母親が、中絶まで考えたという報道があり、生まれる前から、母親自身からも彼の出生については、拒否されていたという観測もできる〉という部分にはわざわざ線も引いています」

——それは宅間が引いた線ですか？

「そうです。それから、彼は間違いがある部分には、これは違うと書いているんですね」

——どういうところですか？

「例えば、『無差別連続殺人事件』という言葉には『連続とはなんや』と書いています。自分のは連続ではない、全て同時にやっているからということですね。これは違うという指摘です」

——でも結局八人ぐらい殺したんですよね？

「『連続』と言いますとね、ある場所で人を殺して、そしてまた別の場所で人を殺す、ということになります。でも彼の場合は同時に行っている」

——これはどなたのリポートですか？　先生ではないですよね。

「全く別の医師です。本人はここに書いていますけど、この著者を酷評しています。第一章が『宅間守』になっていて、他に『オサマ・ビンラディン』などがあります。そして帯には『宅間守、オサマ・ビンラディンは人格障害である』とあり、それが彼の目を引いたのだと思います。この本は獄中結婚した奥さんから差し入れてもらったのです」

——ここに鑑定医の岡江晃氏が出した鑑定書が本になったものがあるのですが、この本が出た時、岡江氏は随分と顰蹙《ひんしゅく》を買ったそうですね。プライバシーを侵害したとか。

「岡江先生は鑑定医だからですね。鑑定医が鑑定で知り得たことを本にしたので顰蹙を買ったのだと思います。私も岡江先生の鑑定書は読みました。けれども特に踏み込んだものではなく、結論は宅間が人格障害であるということと、脳の前頭葉の機能異常が見られるが責任能力に全く問題はないということですね」

――検察はこの鑑定書をベースにして求刑したのですか？

「参考にはしたのでしょうが、あれだけの事件ですから鑑定書で責任無能力を断定されない限り、求刑は変わらないと思います」

――彼が収容されている時に獄中結婚した女性がいますよね。この女性はどういった人物ですか？　これは売名ですか？

「売名ではないと思います。死刑廃止論者のグループです。彼女のことを具体的に書かれる時には相談にのってもらいたいのですが、彼女はもともと西日本の人で、身内に縁を切られてまでして名字も変えて、外部交通権確保のために宅間と結婚し籍を入れました」

――彼女の本質的な動機はなんですか？　ヒューマニスティックなものですか？

「いや、ヒューマニスティックなものではなかったですね。あくまで死刑が執行されないようにするという目的です」

――彼女自身の基本的な動機は自己顕示欲ですか？

「いえ、ただ死刑に対する反対です」

――それは観念的なものですか？

「そうですね。彼女はクリスチャンだと思います。宅間守は後に吉岡守という名前に変わりますが、吉岡という名字は獄中結婚した女性の本当の名字でもありません。当時は大阪のマンションで暮らしていた彼女から『怖くてマンションから出られない』という電話が何度も私にかかってきました」

――怖い、何で？

「マスコミですね。居場所が割れてしまってマスコミに囲まれていたので。電気を消していないふりをしていた時期もあった。私と頻繁に電話したり会って話したりするうちに、宅間守が『彼女には本音が言えないんや、彼女は死刑廃止論者だから自分が一刻も早い死刑を望んでいるなんて言えないんや』ということで悩むようになりました。

私は彼女に厳しく言ったことがあります。あなたは結婚して妻になったのだから、運動家としてではなく、妻として寄り添って夫から本音を聞くのが仕事だと、彼女に言いました。彼女はそれに応えてくれたと思います。しばらくしてから宅間は『やっとホンマのこと言えたわ』と話しかけてきました。私は彼ら夫婦の絆を深めていくお手伝いもしていたのです」

――そんな夫婦の絆が深まっていくということはアフェクションとしてあり得たんですか？

「彼は恐らく生まれて初めてそういう体験をしたと思いますね。アフェクションというものをポテンシャリティーとしては持っていたと思いますが、それが実際の対人関係で成熟していくことがなかった。今回は遮蔽板に守られていたということもあるが、いくら突っぱねても頻繁に通ってくる妻の姿を見て、彼の中でアフェクションのようなものを醸成していったのでしょうね。死刑執行の前に彼は看守に彼女への『ありがとう』という伝言を頼みます。彼はありがとうと、もともと言わないのですが、その言葉を死刑執行間際に言っている。その看守は、普通は拘置所内で火葬されるところを彼女が拒み遺体を引き取ると言って早朝に裏口から遺体を引き出す時に、立って待っている彼女のもとに走り、『ありがとう』を伝えたのです。その行為は規律違反になると思いますが、それほど宅間守の最後の言葉には心を打たれたのでしょうね」

——遺体は引き取ってどこに持っていったのでしょうか？

「大阪西成《にしなり》区のあいりん地区です」

——そこで添い寝をしたという噂がありますが、本当ですか？

「あいりん地区の中に無縁仏を納めてある納骨堂が、普通のお店のようなところの裏口から入って二階にあり、私はそこに呼ばれまして、何百という小さな無縁仏の棚の前に棺があって、その中に彼が寝ているのを見ました。奥さんが棺に入って添い寝をしたのかどうか分かりませんが、その棺の横で寝た可能性は高いと思います。奥さんが棺に入って寝られた形跡は見られていませんので」

――日本は今は絞首刑ですか？

「もちろん絞首刑です」

――電気椅子ではないのですね？

「違います。東京拘置所が死刑執行場を公開しまして、今もネットで画像を見ることができますが、で一般の有識者や司法関係者を招いて東京拘置所の死刑執行場を見せたことが一回あります。マスコミ関係者も同行させました」

――想像以上のお話が聞けてよかったなと思います。先生、宅間守の性欲はやはり異常だったのではないですか？

「強いですね」

――小松左京さんの妹さんである二十歳年上の担任だった先生と結婚しているというのは、これはやはりマザーコンプレックスによるものですか？

「そうですね、結婚した女性のうち三人は年上の人ですね。唯一、一人だけ年下の人と結婚していますけど、あとは全員年上の女性です。七十代の女性のところに養子で入ったりもしています。やはり母なるもの、母性、つまり自分を包み込んで何でも許してくれるような存在への憧れが考えられて、彼は自分の学校歴の中で唯一ましな先生がいたと話していて、その人が後に結婚することになる小学校の時の担任で小松左京さんの妹さんです」

――唯一ましとはどういう意味だったんでしょうね。

「頭ごなしに自分を叱らないということです」

――三度目の結婚の時に、妻が妊娠して宅間は喜んでいたにもかかわらず、勝手に中絶した女性がいましたよね？

「その女性が事件の大きな引き金になっています。その女性は年上でしたが同世代の人でした。彼は『加古川の女』という呼び方をしています。私の前でも何度も、別嬪《べっぴん》の加古川の女の顔に傷一つでもつけておけば、もうそれですんだかもしれない、と後悔していました。彼は何故恨みの対象である加古川の女に対して行動しなかったのかと悔いています」

――復縁は随分と迫ったのですか？

「女性のほうが逃げ回っていたという状態でした。私が接見していることが分かってですね、匿名で関係者という人から、彼の犯行の動機はその女性ですという内容の手紙が来たことがあります」

――こないだ私は、ＤＮＡの研究に関する本を読んだのですが、結局スーパーパワーと言いますか神様ですね、何でこういう事件を起こす人間ができてしまったのかという要因は、生来的に危険因子として持っているＤＮＡだけではなく、生まれた後の生活環境も大きく関係しているということでした。

「それは事実です。ＤＮＡと生活環境の両方が揃わなければあのような事件は起きませんし、最近多発している『人を殺してみたかった』という事件の犯人も、ほとんどの場合に先天的な脳機能の特異性を持っていて、そこに一方的な詰め込み教育や厳しい躾があり、負の感情が蓄積していく、その結果として事件が起きる。

例えば発達障害の人たちの場合ですと、その症状の特徴として、あるものに一旦こだわりを持つとそこから抜けられないという現象があります。例えば、こないだの名古屋大学の女子大生が『人を殺してみたい』と起こした事件がありますが、彼女は小学生の時殺人の映像に触れて、専門用語で言うと、人の命がなくなるという現象に『固着』するようになりました。佐世保の高三の女の子の場合には生き物の内臓がどうなっているのかということに固着してしまったのですね。二人とも女性ですけど共通しているのは発達障害の中の自閉スペクトラムを持っているということです。少し前まではアスペルガー症候群と言われていたのですが、その障害を二人とも持っていて児童期に死だとか内臓だったりに興味を抱いてしまい、固着してしまった。

この二人のケースにおいても、発達障害という先天的な特徴を持ちながらも、その後の経験というものが重要になってくる。つまり経験として負の感情の抑圧というものがある。学校では詰め込み教育があり、親の前では良い子でいなければならない、子供らしい喜怒哀楽の感情を表に出せないという環境の中で死だとか内臓だとかに興味を抱いてしまった。これが彼女らの後天的な特徴です。この先天的なものと後天的なものの二つの特徴の結果として事件が起きてしまうのです。

宅間の場合にも同じことが言えて、潜在的に暴力的なDNAを持っていたとしてもそれで実際に暴力的な行動を起こすかどうかは生活環境のほうに依存するのです。

北欧で行われた有名な実験があります。一卵性双生児を長期追跡するというものです。遺伝子的には全く同じ二人を別々の家庭に養子に出しその後の二人を追跡するという貴重な研究があります。その研究から言いますと、産みの親に暴力的傾向があり育ての親にも暴力的傾向がある場合にその子供が犯罪行為に至る確率は格段に上がります」

——先生、このDNAもですね、突発的に出てくるものではなくて親からの遺伝もあるわけでしょ。

「DNAというのは基本的に遺伝ですよね」

——ちょっと話が飛びますが、フランスで女性を殺して食べてしまった男がいましたよね。

「佐川一政ですね」

――あの父親がとっても変だったんです。私は一橋大学を出ているのですが、学生数が少なく小さな大学ですから互いに強いアイデンティティーがあります。ある時、家に電話がかかってきまして、家内が『あなたの先輩の佐川さんという方からお電話です』と言って私に取り次いだのですが、そしたら佐川の父親が非常に押し付けがましく『息子が今ものを書いているのだが売れなくて困っている。私は君の先輩なんだからどこか紹介してくれ』と言ってきました。それでね、私その時とっても嫌な気分がしました。この人はどこかの企業の社長もした人ですよ。その人が何でこういうものの言い方をするのかなと思ってね。それで幻冬舎の見城に、君のところで何とかならないかと頼んだのですが、どうにもならないので勘弁してくださいと断られました。その時、佐川本人もああいう犯罪を起こす異常であればその親も異常であると、つまり親のＤＮＡというか異常性格が子供に遺伝しているのかなと思ったのです。

「そういった親と幼少期に接していることによる影響です。佐川一政からは私のところにも手紙が来ました。手紙の内容は、自分は宅間守のようには虐待を受けていないけれどもあのような行動に走った、その理由が分からないので私を分析してもらえないかという依頼でした。たぶんそれは私が分析することによって自分がクローズアップされるのではないかという意図が見えたので返事はしませんでしたけれども」

——非常に売名したがっていましたね。私の知っているサブカルチャーで有名な人がいたのですけれども、その人にも頻繁に接触しようとしていたらしいですね。

宅間の性欲の異常な強さはどういうことなんですか？　これはやはり先天的なものですか？

「まずベースとして先天的な要因が考えられますけど、性欲をどう満たすか、その満たし方は先天的には決まっていないです。性犯罪者の鑑定やカウンセリングをたくさんしていますが、その人たちは自分の性欲を解消する手段としてあるものに固着してしまうのです。宅間の場合には、とにかく強姦なのです。相手は誰でもかまわない」

——その手口は乱暴なのですか？

「乱暴です。彼は事件化されていない強姦事件をたくさん起こしています。例えば、車を運転している時に女性をはねて動けないようにして強姦するとか。これは事件化されていないですが、彼が直接教えてくれました。ここにも書いてありますが、宅間が殺した数はもっと多い」

――先生、これコピーいただけますか？　もしお困りだったら責任もって送り返しますけど。

「下の事務所で後でコピーいたします」

――そんなことまでしているのですか。人をはねて、それは先生だけに告白したのですね。

「していますね」

――問われてもいないことを告白する自己満足とかエクスタシーはあったのですか？

「それは自慢ではなくて、というのも警察では一切言っていませんので。私の時にはもう死刑が確定していて、早く執行してくれという状態だったので何でも言ったのでしょう」

――死刑願望は本気だったのですか？

「意識上は早く楽になりたいという意味で死刑を願望していました」

——贖罪《しょくざい》とかではなくて?

「ではないです。早く楽になりたいと。生きていることが地獄で早く逃れたいというのが意識上ですけど、実際に面会してみると、宅間は朝悪夢にうなされていたり、足音が聞こえると順番が来たと思ってビクッとして起きたり、あとは変わった夢をよく見ていました。実際の死刑執行場には階段はないのですが、階段を上っていって顔に袋を被せられて足元がパンと落ちてびっくりして目が覚めると肥溜めの中だったりとか、空想とか夢とか訳の分からないものは見ていた。つまり死刑を恐れていたのは確かなんです。ですから意識上は楽になりたいということで死刑を願っていますが、心の中ではやはり死刑に対する恐怖はあった。その恐怖が夢として表れている。実際のトイレは大阪拘置所が改修される前でしたので、和式トイレで、自殺防止のため便器の横に頭が来る形で寝なければいけない。大便をした後に水を流すと勢いで大便が混じった水が飛んでしまい便器の周りは汚かったので、そういうことも連想されて夢の中では落ちたら肥溜めだったというふうに繋がるのです。そういう点で心の深層では死刑の恐怖と無念さ……」

――無念さとはどういうものですか？

「自分の親に対する無念さと堕胎してしまった女性に対する無念さですね。親でも無念さが強いのは父親で、母親については幼い頃は父親の言いなりになってアホな母親だという認識だったのですが、何度も事件を重ね手が付けられなくなった頃に入院させられて、短期ですぐ退院する予定のところを母親が頼み込んでなかなか退院できない状態にさせられた時からは彼女を非常に憎むようになりました。それで病院の五階から飛び下りたりしているわけです」

――あれは本当に脱走するつもりだったのですか？

「脱走ではなくて自殺ですね。本人はあの時死んでおけばよかったけど、これだけガタイがええもんで顎の骨砕けるだけで死ねへんかったんだと言ってました。何で死ぬことができなかったのだろうという意味です。病院の中でもうとにかく苦しくて仕方なかったらしいです」

――何で苦しかったのでしょうか？

「性欲を含めて欲求が解消できない、何か問題を起こすとすぐに拘束ベルトで拘束されてしまう、よく効く薬が処方されていなかった、と本人は言っています。苦しみが閉鎖空間の中でどんどん高まっていって、もうこのまま消えたい、楽になりたいということで正確には分かりませんが、窓をぶち破るかカギを無理やり壊して飛び下りたそうです」

――それだけ強烈な性欲を持っていた宅間は、自慰なんかはしなかったのですか？

「自慰はしていましたけど、やはり相手が実際の女性で、怖がって苦しんでるといった状況の中での行為のほうが彼にとってはより深い満たしになりました。そういう点ではサディスティックですよね。単なる射精によって性欲を満たすということでは不十分だったわけです」

――それはどういうコンプレックスですか？

「コンプレックスと言いますか、自分が幼少期に親から暴力を受ける、母が父に暴力を受ける様子を見ていると、子供はその状況を体験し、見ながら脳に興奮を覚え、快感ホルモンのようなものが出てしまうわけです。その時に脳が活性化し発生する化学物質も具体的に明らかになってきています。虐待を受けた子供は暴力的な場面で興奮状態が再現されやすいのです。

暴力を受けている女性が男からあまり逃れようとしないのは、脳が暴力を受けていることに満足してしまうからです」

――それがマゾヒズムの原理ですか？

「そうです。自分が暴力を受けている時にはマゾヒズムですけれども、自分が強い立場になった場合には暴力を振るいながら相手に幼少期の自分を見るわけですね。つまり虐待を受けていた弱かった頃の自分を克服し今は強い立場に変わったぞと、虐待の世代間連鎖っていうのはそういう現象だと思います」

――車で人をはねて強姦するという非常に暴力的な犯行は一つの典型的なパターンでしょうけど、マンションの管理人になって居住者の女性を強姦したのも、やはりかなり乱暴な犯行だったわけですか？

「そうですね。普通と言いましたら語弊はありますが、刃物を見せて女性をおとなしくさせてから強姦するというのが一般的な強姦の手口で、宅間の場合、相手が泣き叫ぶなど抵抗するのを力で押さえつけて強姦するのがより深い満たしになったのだと思います。その女性の姿に過去の自分、母親を見ているのだと思います」

――そういう時の彼の形相というか目付きはやはり特異なものだったのでしょうね。中学校時代の同級生を単車でおびき出して堤防で強姦した時も首を絞めて薬品をふくませた布を口に当てて、その時の女性は宅間の表情を見ただけで殺されると思ったらしいですけど。

「脳の興奮状態が高まっている時の形相は物凄いです。拘置所での初回の面接の時がそうでした。身を乗り出してウワーと毒舌を吐いていました。遮蔽板がなかったら怖いと思ったかもしれません」

――何人かの弁護士が身を引いたのはどういう経緯だったのでしょうか？

「彼が解任したのです。自分の言い分を聞かない、反省の言葉を述べたほうがいいよと言ってくる弁護士は解任していました」

――明日は宅間の最後の弁護人である戸谷さんに会うのですが、この人に対して私はどういうアプローチをしたらよいでしょうか？

「戸谷さんにとってあの事件はトラウマになっていると思います。世間から何であんな奴を弁護したんだとかなりバッシングを受けていたので」

――宅間が先生にそれだけ心を許した所以は何なのですか？

「常識的な応答をしなかったことですね。つまり常識であれば許されないことを彼が言っている時に一生懸命聞こうとした。思いを表情にも出しませんでした」

――常識的でない発言というのは？

「自分の子供が殺されたのに化粧しやがってだとか、次の子を産んどるとか、そういうことを言うのですよね。法廷で傍聴席にいる遺族にもそういうことを叫んでいます。判決の時にもそういうことを叫び退廷させられているので、被告がいないところで判決文が読み上げられることになりました」

——子供を殺されても金もらったからいいじゃないかというようなことも言ったらしいですね。

「そうですね。宅間の話を聞く時には自分の中から価値観を取っ払うことが大事なのですよ。言いたいことは聞こうと。で、言っていることで納得できる部分があれば、ああそれは分かるわと相槌を打つ。世の中所詮金と学歴と言った時に、私はそうだなと共感を示しました。彼の発言の一切に対し表情においても自分が批判的に思っていることが伝わらないようにしました。これはどのカウンセリングにおいても基本原則です」

——それだけずっと宅間との間に継続性を持たれた鑑定人は先生しかいないのでしょ？

「鑑定人ではないのですけど、本人が望んで面会をした人間は他にいないです。宅間は私との面会を楽しみにしていました」

——何で先生はもうちょっとまとまったものにされないのですか？

「いや、やっぱりこれがギリギリですね。最初は当局からは面会していること自体、黙秘しておいてくれと。その時は大学に籍を置いていたので理事長に許可をとると拘置所に伝えただけでもクレームがつきました。結果的に私が通っているのを顔なじみの記者に見つかってしまったのですけど。死刑判決が出てから控訴まで二週間の猶予期間があるのですが、その間に二回面会しています。これは戸谷弁護士に頼んで接見禁止の部分的解除を申請してもらって、そして裁判所から何月何日の何時何分から何時何分ま

郵 便 は が き

料金受取人払郵便

代々木局承認

1536

差出有効期間
平成30年11月
9日まで

1 5 1 8 7 9 0

203

東京都渋谷区千駄ヶ谷 4-9-7

（株）幻 冬 舎

書籍編集部宛

1518790203

ご住所 〒 都・道 府・県	
	フリガナ お名前
メール	
インターネットでも回答を受け付けております http://www.gentosha.co.jp/e/	

裏面のご感想を広告等、書籍の PR に使わせていただく場合がございます。

幻冬舎より、著者に関する新しいお知らせ・小社および関連会社、広告主からのご案内を送付することがあります。不要の場合は右の欄にレ印をご記入ください。

不要 □

本書をお買い上げいただき、誠にありがとうございました。
質問にお答えいただけたら幸いです。

◎ご購入いただいた書籍名をご記入ください。

『　　　　　　　　　　　　　　　　　　　　　　　　』

★著者へのメッセージ、または本書のご感想をお書きください。

●本書をお求めになった動機は？

①著者が好きだから　②タイトルにひかれて　③テーマにひかれて
④カバーにひかれて　⑤帯のコピーにひかれて　⑥新聞で見て
⑦インターネットで知って　⑧売れてるから／話題だから
⑨役に立ちそうだから

生年月日	西暦　　年　　月　　日（　　歳）	男・女	
ご職業	①学生	②教員・研究職	③公務員	④農林漁業
	⑤専門・技術職	⑥自由業	⑦自営業	⑧会社役員
	⑨会社員	⑩専業主夫・主婦	⑪パート・アルバイト	
	⑫無職	⑬その他（　　　）		

ご記入いただきました個人情報については、許可なく他の目的で使用することはありません。ご協力ありがとうございました。

での何分間に限って私に接見を許可するということでした。その時に拘置所に行ったら渋滞でした。タクシーから降りるとマスコミに囲まれ、その中で戸谷さんと合流し中に入り宅間と面会しました。二回目もそのようにして面会したのですが……。

それ以降は彼が控訴を取り下げて死刑が確定してしまったため、面会ができなくなりました。当時の古い言い方で言うと監獄法、今は法律名が変わりましたけど、当時は家族以外面会ができず上申書を書きまして、被告の中に贖罪の念が生まれてくる感触を二回の面会で得ることができたので面会を続けたいと願い出たところ、隠密にするということで許可が下りました。最初は拘置所の準幹部と協議し条件を決めました。その中に公にしないということがありますのでなかなか難しいですね、彼が言っていいと言ったことしか書けないですね」

いですか。

――こんなに世間の激しい憎悪の対象となった事件は今までないんじゃな

「そうですね。秋葉原での事件と比べてもそうですね。池田小の事件はまだ将来のある一年生、二年生の子たちだけが亡くなっていますからね」

――私は物書きのくせにこういうことを言うのは恥ずかしいのですが、こういう事件に物凄く関心があり、人間そのものの存在を考えた時に、こういう事件はどういうふうに括《くく》ればよいのですか？　人間の運命というか人生というか……いや先生の話を聞くほど物事が深遠になってきて難しいですな。

「答えに窮しますが、もし私が彼の遺伝子を持っていて彼の家で育っていたら凶悪な犯罪者になっていたと思うのですよ。そういう点では偶然の悪《いた》戯《ずら》ですよね」

——結局、柳田邦男氏が言った括り方ですか。やはり家庭環境というものが人格をつくり運命を変えていくのでしょうか。

「先天的なものがあった場合はそうですね。先天的な特徴がない場合には家庭の環境が劣悪であれ犯行に及ぶことがないので、全て遺伝で説明してしまうのは世間的にも反感を買う考え方です。できればそういったリスキーな子供を早期発見して劣悪な環境から救い出し、親子のアフェクションのようなものを体験的に身につけていってもらうしかないですよね。厳罰的にそういった事件を抑制していくっていうのはあり得ないですね」

——柳田邦男氏の文章を読んで先生にお電話した時、先生が最後に「やはり先天的なものですかね」と言ったのが物凄く印象に残っているのです。しかし先天性と言ったって難しいですしね。生まれてすぐDNAを解析できるわけじゃないし、どういう病気にかかるかDNAによって分かる時代になってきたとはいえ……。先生はやはり宅間と接した人間の中でも稀有なる方なんでしょうな。

「拘置所へ移動中に職員に足を踏まれて怒ってキレそうになったんですよ、彼が。その時は私の面会前だったので、もしここでキレてしまったら私に会えなくなるということで自制が利いたんですね。もし私がサンダル踏んだら怒った？　と聞いたら『怒らへん、先生は味方やから』と言ったんですね」

——先生に彼は何を依頼し、何を願ったのですか？

「直接に依頼されたわけではないですが、やはり自分はなりたくてこうなったわけではないということだと思います。ここに書いてある、受精した段階から三、四歳が一番大事だということに関して質問をした時、彼は『物心ついた時には自分はとんでもない手の付けられない子供になっとった』と言うんですね。自分はなろうとして凶悪になったのではなく、物心がついて気がついた時にはそうなってしまっていたということを分かってほしかったのでしょうね。モンスターになろうとしてなったのではなく、気がついたらなっていた」

――それは悲しい話ですね。とても痛ましいです。人間のその不可抗力の宿命というのは、一体何が決めるのでしょうか。

「彼にとっては不可抗力であっても、それを言えば言うほど社会からは叩かれて、モンスターと言われるばかりです。その中で私はそのことを言える数少ない人間だったのではないかと思います。弁護人の戸谷先生はかなり献身的な人だったのですが、やはり立場上裁判を有利に進めていくために反省の言葉を期待していたのでしょうが、最終的にはどうしようもなくなってしまったんでしょうね。新聞に応えたインタビューで戸谷先生が、彼が私（長谷川氏）のような人に早く会っていればよかったな、と言っていたのが印象的でした。裁判が始まってすぐに私が会っていれば、もしかしたら法廷で『子供たちは無念やったやろな』ということを言葉として言ったかもしれない。『子供たちは無念やったやろな』という言葉を裁判の場で言ってほしかったですね。面会中は録音もできませんし、ふだんのように陪席助手に記録してもらうことも認められず、自分で記録していてはやり取りができないので、彼との接見においては三十分間、目と目を合わせてやり取りし面会が終わった後に一気に記録しました」

――この出来事で、先生が一番深い本質的なところにコミットされたんですね。

「彼の親との確執をカウンセリングで解消して最終的に遺族の方に（電話が鳴って中断）」

——先生は精神科医でいらっしゃるのですか？

「いえ、臨床心理士です。ですから精神科医ではないです」

——それはどういうお仕事なのですか？

「精神科医は診断と薬物治療がメインです。私たちは精神科医と連携することもありますけど会話によるサイコセラピーを目指します。それから検査を多用します。心理検査や知能検査です。鑑定もたくさん行っているのですが、その時の強みはいろいろな検査を組み合わせることで結果から客観的な数値で被告人の人格や生来的な発達の問題を出すというところが精神科医にはできないところです。責任能力を直接主張しない情状鑑定に分類されます」

——先生のお仕事で一番満足されている成功例というのはどういうものですか？

「相手を窒息させることで性欲が満たされるという被告人でしたが、死刑判決が出る直前に私が弁護人依頼の鑑定人になったのですけど、判決後、本人から私に分析をしてほしいと、分析が終わるまで控訴を取り下げるのを待つのでということで、三十回以上大阪に通いました。彼が何で窒息させることでしか性欲が満たされないのかということをクリアーに解明できたという点で成功例ですね。それは精神科医には明らかにできなかった」

——先生の療法で救われたという例はございますか？

「ありますね。裁判所に影響を与えた例として、ある常習的な性犯罪者が裁判の途中から拘置所で私のカウンセリングを受けるようになり、被告がみるみる変わっていきました。期日の最終日に裁判官からカウンセリングの様子を聞かれ、被告がカウンセリングで言ったこと、変わったことを述べたところ前代未聞のことが起こりました。判決を延ばし、その間カウンセリングに通うということを条件に保釈することを裁判官が認めたのです。それから保護者と被告人とカウンセリングを行い、裁判官はその効果として、彼の更生可能性を認めました。結果として検察官の求刑の七割の刑期となりました。七割というと実質的に検察官の負けを意味します。彼の場合は深層に抑圧していた思いもよらないところに犯行の動機があったことが明らかになりました」

——それはどういうところですか？

「幼少期にお母さんがＤＶを受けていましたが、彼には全く記憶がありませんでした。あまりにもつらいので子供ながら認めることを拒否したのです。解離性健忘ですね。それがカウンセリングを通して明らかになり、彼が徐々に当時のことを思い出し始めました。男性が女性を痛めつけるという行為がわだかまった状態で深層に抑圧されていたのが徐々に意識化されてきたんです」

——先生の話は面白いな。人間の深層心理というか、深く見えないところの構造というのは。これは本当に小説家にとっては新しい未知の領域だと思うのですが、これには誰も触れていないですね。

「私も経験をベースにしてフィクションを書きたいと思っているのですが」

——書いてくださいよ。本当にショッキングだと思いますよ。

「今はノンフィクションで『わが子を犯罪者にしないために』という本を書こうとしているんです」

——先生がフィクションを書いたら僕がプロモートするんで任せておいてください。

「フィクションだったら守秘義務に制約されないのでね」

――先生、成功例でもいいので書いてくださいよ。プロモートしますよ。きっと新しいジャンルの小説です。

「一般の作家の方がインタビューして書くのは多いのですが、臨床心理士が経験をもとに書くケースはあまりないですね」

――意識の流れと言いますかね、先生は一つ方法論を持っていますでしょ。文学者という言葉があるのですが、本当に文学者の名に値した日本人は伊藤整だけです。この人はね、ローレンスとかジョイスの方法論に則った面白い小説を書きました。先生も先生の方法論でフィクションを書いてください。

それにしても宅間守が最後に心を繋げた人間がいたっていうのはね。ここまで見事に孤独で凄まじい人生をたった一人で生きた人間は本当にいませんよ。

「私も最終的には獄中結婚された奥さんのほうにバトンタッチしたんですけどね」

——僕はあんなもの認めないね、人間的じゃないですよ。死刑廃止論に関しても僕は反対だし。亀井静香という人が国家による一方的な殺人なんて言うけど、おまえみたいな奴が何を言ってんだと。僕は仇討《あだうち》してもいいと思ってますよ。例えば僕が附属池田小事件の遺族だったらどんな手を使ってでも法廷で宅間を殺します。僕はそういう人間です。殺しますよ。仇討しなかったら世の中は終わりです。

「たぶんあの事件だったら仇討した親の側につく人は多かったと思いますね。宅間守本人もあんな事件は普通だったらビビッてできない。前の日からテンションを上げてどんどん自分を盛り上げて乗り込んだと言っていました」

――あの、僕はそこだけはフィクションにしたんです（第一章「事件」参照）。切っ掛けは自分の子供を勝手に堕した女性でね、宅間がアフェクションを断ち切れずにその女性に電話するんですよ。すると弁護士が出てきて、あなたこれ以上しつこいと逮捕させますからね、とスパッと電話を切られて、それで宅間がもうあきらめて包丁を買いに行くという設定にしたんです。僕はやはり彼の彼女に対する執着はまさに人間的だったと思うのです。それが完全に断絶したということが大きな引き金になったという設定にしたんです。

「望まれていない出生ということとダブったんでしょうね。勝手に堕された子供と自分がダブったんでしょうね」

第七章

心奥

ここに彼の精神鑑定を行った、断片的だが興味深い述懐の記録がある。拘置所内での会話の記録だが、結果として鑑定では前述の臨床心理士によるアプローチに比べ何の収穫もなかったのが分かる。以下はその記録だが……。

「睡眠はどうだね」

「眠れない。暑いし、先生から薬をもらうの駄目ですか」

「それは鑑定人ではできないな」

「カメラで監視されていて、窓も開けられへんし。灼熱の中にいなければならないのを先生から何とか言うていただけませんか」

「弁護士に言ってみなさいよ」

「そんな権限ないと。文句言うても変わらんと」

「夜、何時間くらい眠ってるの」

「浅い、うつらうつら。短い」

「眠りが不足するとどんな具合になるのかね」

「あの事が理解できない。そればっかり。何でこんなところにいるんやろ。喧嘩なんかしていたから、傷害ぐらいやったら分かるけど」

「食欲はどうかね」

「ないですね。きのう、一昨日は全く食べてなかった。無理やりというので今朝は食べた。事件前にも食欲がなかった。昼間は寝転んでいたけど、寝転んでは駄目だと言われる。しんどい」

「ここ、拘置所での体調は」

「普通ですね。座っているのがしんどい」

「精神的な面、気分はどうかね」

「全くあきまへん。理解できへん」

「今まで理解できないことはあったかね」

「いっぱいやってきた。こんな大きなことはないけど」

「その都度後悔か何か」

「はい、やった後しまったと」

「今までの気分の変化は」

「変わりやすいほう。些細なことに引っかかって、いらいらして腹立ったりする。いつも何かに引っかかってピリピリしている」

「具体的に言うと」

「ジロッと見られると腹が立ったり。何で見たんやといろいろ考えて」

「他に気持ちの上では」

「いろいろ考えて昔のこと考えてパニクってくると、頭のてっぺん切り裂かれて焼け石を放り込まれたようにカッカしてくる。心臓が踊る感じ」

「何か例を挙げてごらん」

「例えば和子、あいつのことで妊娠をもっと早くさしとけばよかったとか、早く子供が生まれていたらあいつが逃げることもなかったのではないか。そんな時しんどくなってきて何するか分からんようになって、飛び下りそうになったり、家にいると首を吊ることを考えたり。後になって思うのが僕の悪いとこやけど」

「今でも同じような状態になるのかね」

「そう、何でこんなことして晒《さら》し者になって死んでいかないかんのかと思って理解できへん」

「他には」

「『あんたね』と呼びかけてくるのが聞こえる。女の声」

「知り合いの女の声かね」

「見合いのパーティで知り合った女の子のお母さん」

「だいたいどんなことを言ってくるの」

「『そんなことやってもなかなか死ねないよ』と。死ぬ前にうんとつらい目に遭うから」

「どういうことかな」

「『こういうところに何年間も入れられる』と『あんたの思うようにはいかんよ。自殺なんぞしたら前の嫁さん、マスコミからお金もらったりして得することになるからね』と」

「得するとは」

「僕の肉声テープを持っているから、それを売ったりして」

「あなたが恥をかくということ」

「はい」

「生きていたらそんなことはないと」

「生きていても自然に死んでも恥をかかんですむ。一人で何も食べんとじっとして死になさいと言ってくる。しばらくして『事件やらんかったらよかったでしょう』とも」

「簡単に言うと自然死したほうがよいと」

「はい」

「カメラのついた独房にいる感想はどうかね」

「見られていると思うとしんどい。もっと楽に死ねる方法があったのに、何で一番しんどい方法を、息止めて死ねんかね」

「監視されているのがたまらない」

「はい。僕だけごっつう警戒してどこへ行くにも金属探知器を使う」

「職員は皆ピリピリしていると感じるの」

「感じます。刑事や検事に死んだ子供の供養せえと言われたけど、そんな気持ち全然ないね」

「その理由は」

「何であんなことやったのかと思って、理解できないんだから」


この記録を見る限り彼への精神鑑定の試みは全く何も導き出すことがなかったのがよく分かる。精神鑑定なる人為的な手段が宅間という異常異形な人格の深い芯にあるものに及ぶことのなかったのは自明だ。ならばこうした異形な人間の救済は所詮不可能ということなのだろうか。となればそれは彼当人にとってのただの不運不幸ということですまされてしまうものなのだろうか。

そうした人間の存在という天意そのものを否定しかねぬ状況の中で臨床心理士の長谷川氏だけが辛うじて宅間守という異形な「存在」の核心に半歩踏み込

めたと言えそうだ。

ある意味で絶対的とも言えそうな閉塞の内で事の核心を摑む何の手立ても持たぬ人間たちによって「同じ人間を裁く裁判」という儀式は進められていったのだった。


そしてその儀式を丹念に見届けたジャーナリストの吉富氏から思いがけぬことを聞かされたものだった。それは大阪の弁護士会の幹部たちはあるつてで宅間守の脳の前頭葉に異常があるのを知っていたという。その疾患は時には患者当人を凶暴な行為に駆り立てるという事例が多くあるらしい。

以前にはそうした患者には疾患のある箇所の一部を切除するロボトミーという外科手術が施されたものだったが、批判が起こり禁止され薬物による治療に切り換えられるようになった。

故にも弁護士会はそれを踏まえて最後には上告し死刑だけは免れると予期して、弁護を引き受けざるを得なかったという。しかし事件のあまりの残酷さからして公式の裁判という人間の手による行事は、世論を背景に社会的な報復としてでも彼を死刑に処さざるを得なかったということらしい。

そして最後の公判で判決が言い渡される直前、宅間は裁判官に向かって大声で「最後に俺にも言わせろ！」と叫び、聞き入れられずに喚いて暴れる彼は多くの刑務官に囲まれ引きずられながら退場していったものだった。

そして一年余りして宅間への死刑は執行された。しかしそれでこの前代未聞の禍々《まがまが》しい出来事の全てが落着したといえるのだろうか。

日常平和安穏に暮らしている我々ほとんどの人間たちにとっての想像を超え

た、人間としての存在の奥の奥、の深淵に潜む誰が、何がものし設えたのかもしれぬ不可知なるものに、我々に代わってわずかでも近づき辛うじて触れることのできた、ある意味で選ばれた二人の人物、一人は彼のために派遣された臨床心理士の長谷川氏、そして人間社会の仕組みの規律に沿って誹謗《ひぼう》されながらも法廷において彼の弁護を強いられた戸谷弁護士に、私自身が面接し長い時間かけて聞き取った生の会話から、私たちはこの未曽有の出来事の深淵をわずかながら覗き見ることができるかもしれないが。

第八章

戸谷弁護士取材インタビュー

――この事件を踏まえて私は人間とは何なのだろうかと考えるようになったのですが、先生は宅間に何度も接見されていますよね。

「そうですね。何十回と」

――弁護すること自体が世間の顰蹙を買うような事件でしたね。

「それはもう覚悟の上で引き受けざるを得なかったですね。弁護士会では困難な事件を引き受けると言いますが、特別案件と裁判所も呼んでいますが、そういう事件の弁護に当たる登録をしていまして、それまでは他の弁護士に特別案件の弁護をお願いする立場でありましたから、この事件の時に私の番が回ってきまして今までは他の人にお願いしていたわけですから断るわけにもいかずに、いろいろと世間の批判があるであろうことも予測しつつ引き受けました」

――昔、片桐操という男が座間で警察官を撃って拳銃を奪い渋谷に逃げ込みましてね。渋谷の行きつけの銃ショップに立てこもって警察官とライフルで撃ち合った事件を書いたことがありますが、弁護士さんにすれば警察官を二人撃った犯人の処遇は知れてますしね。この少年は癲癇の蓋然性のある少年で、そういうものは検察は嫌がって隠したらしいのですがね、その弁護士の人からも調書をもらったのですが……。

先生はこの池田小事件に総合的にどういう印象をお持ちになります？

「どういう観点で弁護すべきかということで悩んだのですが、こういう事件にこそ弁護士が必要だと思い、何故彼がこういう人格に育ったのかが世間の人にも分かるように弁護活動をしようと思いました」

——柳田邦男氏はＤＶが引き金になったという割とおおざっぱな論文を書いていましたが、長谷川さんに聞いたところ、やはりそんな簡単に割り切れるものではなく生来のものでしょうと言っていました。最近ＤＮＡについての本は読んだのですが、凶悪な遺伝子というものはあるが、それが発露するかどうかはその後の生活環境に依存するとありました。しかしそれを言ってしまったら……。

「おしまいですよね。だから素質が一つ要因にはなっているとは思いますが、そんなことを言いますと、その素質を持っている人間は世の中に相当数います。ですからどこで彼が間違ったのかということですね。何が足りないがためにああなってしまったのか。高校生の頃から彼は精神科に通っていましたので、そういう傾向にあることは間違いないですね。当時の鑑定医が鑑定書を出版したものに詳しく書いてあります」

——岡江晃さんの本ですね。やはり当時はこの本を出版したことも世間の批判を買ったのでしょうか？

「そうですね。ただもう十年以上経過して本人もいなくなりましたし、刊行する意味はそれなりにあると私は思いました。ただこの本の結論自体に疑問はあります」

――どういうところですか？

「宅間自身は精神鑑定を受けて、前頭葉の血流に問題があるということがありまして」

――それも昨日聞きました。脳に機能的な障害があったのですか？

「機能障害があったとまでは断定できませんが、前頭葉の血流に少し異常があり、これが人格障害の発露かどうかという問題があると書いてあります。脳に問題があったと言われることは、彼にとっては救いでした。悪いのは自分ではなく、こんな脳に産んだ母親のせいだということで自己満足を得ることができました」

――先ほどの片桐という男も非常に早く死刑が執行されたのですが、国選弁護人が言ったことが気になって、後に法務大臣を務めた稲葉さんに質したのですが、癲癇の蓋然性について明らかになってしまうといけないので割と早く死刑が執行されたようです。宅間の場合もそうだったのですか？はっきりと確認はされなかったのですか？

「いえ、宅間の場合は、この前頭葉に見られる異常が事件の引き金になったかということはまだ解明できない、将来的課題であるという結論でした。ただ宅間は当時精神鑑定を受けることを嫌がっていて、そんなものを受けても結論は変わらないと、私が初めて彼に会った時も弁護士はいらない、早く吊ってくれと言われました。当代一流の精神科医に扱ってもらって、彼の中にもしかしたら自分は精神病者なのかもしれないという期待はあったかもしれませんが、鑑定結果には一応満足していましたね」

——彼の三度目の結婚で、妊娠して勝手に子供を堕した女性がいましたよね。彼女に強い愛着があったのですか？

「ありました。それで激しいストーカー行為を繰り返しました。自分の子供を堕胎することを彼は同意させられたのですが、騙されたということで怒りがありまして、奥さんにも執着心がありましたから、凄まじいストーカー行為を繰り返しました。自分のほうを振り向いてほしいのなら何故ストーカーするんだ、余計嫌われるではないかと私が言うと、やめてほしかったら振り向けと彼は考えていましたね。ストーカー行為の心理の一つはそういうところにあるのでしょうかね」

——先生が宅間と直に話して一番興味を持ったのはどういう部分ですか？

「彼は自分の人生の望みを失ったということで最後に世間の注目を浴びるような、それでかつ日頃やりたいと思っていた大量殺人をやってこの世とおさらばしたいと考えたそうですが、人間は悪魔にもなるものだなと。一方で弁護活動の中で宅間に同情心を寄せる方もいました」

――獄中結婚した女性がいましたよね。あの女性の心情は売名なのですか、それとも……。

「あの女性の目的が売名であれば私は仲介しませんでした。彼女はとても真剣だったので売名的なことは前も後もされていません。宗教的信念に支えられた死刑廃止論者ですが」

――どんな家庭で育ったのですか?

「彼女の家庭のことは私も知りません。ただ彼女は家族に迷惑をかけてはいけないということで、わざわざある人の養女になって籍を変えて宅間と結婚しました」

――彼女は宅間と心情的にコミュニケートできたのですか?

「彼女は一生懸命だったのですが、宅間はそこまでにはならなかったです。

そこは詳しく分かりません。ただ宅間としては死刑が確定されると外界との接触が基本的に閉ざされるので彼女の存在はありがたかった。宅間はいくらか残ったお金は彼女にやってくれと言ったそうです。キリスト教の方だったと思いますが、教会に遺体を引き取りまして儀式を行いました。何人かの女性は売名目的で近づいてきましたが、私が仲介を断りました」

――私の親友の亀井静香が死刑廃止論者なのですが。

「非常に難しい問題ですね。日本人の八割から九割が死刑制度に賛成しています。弁護士でも過半数は賛成しています」

――私だったら自分の手で仇討しますね。

「多くの方の反応はそうでした。人間存在の両方の意味での不可思議さを体験して、この弁護が終わった時にはもう弁護士をやめてもいいなと思いました」

――人間の不思議さ、人間の存在の意味合い、それを与えられた人がどういう宿命を……と思いますね。

「どう考えたらいいのか。いつの時代でもごく少数の異端者が出てきますよね。今の時代でもいます。こないだの川崎の事件もそうですし、長崎の事件も、名古屋の事件もそうです」

――昨日、長谷川さんと佐川について話したのですが、彼の父親も異常でした。

「宅間の父親は暴力肯定、体罰肯定の人だったらしいです。父親は鹿児島で育ってお祖父さんが警察官で日本刀なども愛好していて、小さい時に宅間が言うことを聞かないと模造刀の峰で殴ってポキッと折ってしまうくらいの手ひどい体罰をしていました。宅間はこんなのは親ではない、大きくなったら復讐すると幼心に思っていまして、それを一部実行しました」

――どんなふうに？

「大きくなって金に困ると父親を強請《ゆす》ってかかるだとかして親子断絶になってしまいましたし、親に対して裁判を仕掛けるだとか」

――どういうことで裁判を仕掛けたのですか？

「すみません、細かいことは忘れてしまいました。教育には比較的熱心な部分はありましたが、上昇志向がある方でした。宅間の成績は悪かったのですが、兄貴のほうは割と良く大学まで行かせてもらっていますが自殺してしまいました。宅間が尼崎の工業高校に行った時、製図用具を求める際に、家計は苦しかったのですがこういうものは良いのを買っておけとお父さんが言ったという話を聞きました。宅間の守という名前は、自分の子供時代に尊敬できる友達が守くんだったので、その友達にあやかって息子の名前にしました。ですから愛情豊かな部分もあるのですが、暴力が行き過ぎて子供に誤解されたということですね」

――結局、柳田邦男氏の考え方は短絡的なのでしょうね？

「歪んで育てられたら身近なものを恨みますしね。宅間の場合は社会制度も恨むようになりました」

――そのことについて具体的に宅間からどのような言葉がありましたか？

「世の中不条理だ、何が不条理かというと、能力に差がある、美醜の差、貧富の差が大きいと言っていました。当時バブル期ですので、貧富の差が目に見えて分かる時期でした。いわゆるテント集団が見られましたし、自分はああいうルンペン生活はしたくない、自分は人間なんだと。これだけ不条理な時代なのに人々は立ち上がっていない、俺は立ち上がる、それが今回の事件だと。能力の差も、結局は財力の差だと。三流大学ぐらいなら自分だって金の力で行けた、精神科医になれば誤診をしても相手は異常者だから誤魔化せるというようなことを言っていました」

――脳の中に疾患があったのかどうかというのは重要な問題ですね。

「将来の課題で、現在の医療では判明がつかないということで終わっていますね。しかし彼の場合は善悪の判断はついています。その上で犯行に及んでいます。だから精神医学的な言葉で言いますと、彼は人格障害者という言い方になります。そう理解するしかありません」

――先生はあの事件を担当されて、いろいろと苦い思い出が残っていますか?

「宅間のような存在をもう少し世の中の人が理解すれば、ああいうような事件を抑止できるのではないかという思いがありましたが、共感は得られなかったですね。私自身はもともとは死刑廃止論者だったのですが、宅間のことがあってからは、死刑にも意味があるのだなと一部考えるようになりました。ただ宅間は死刑を望んでいたわけですからね、宅間にとっては本望だったわけです。そうすると遺族の方々にとっては憎しみの対象が消えてしまって取り残された気持ちになったのではないかと思いましたね」

――彼の混沌とした憤りの対象はやはり社会だったんですかね？

「そう考えれば非常によく理解できます。彼は人生は何のためにあるのかということについては、快楽を味わうためにあるんだと言いました。拘置所内ではその快楽が全て禁止されています。後に残されている寒さ暑さを味わうだけならば、早く死刑で死んだほうがいいと。彼は考えて行動しているので認知症ではありません。普通以上の知性があります。彼は自分が恵まれなかったと言いますが、普通以上の容姿があり背も高く、だから女の人が騙されるわけですから、美醜の差においても貧富の差においても君はそこまで恵まれていなかったわけではないんだよと彼に言ったんですが……。控訴をするかしないかという時に、彼はこれで満足だということでした。その上で死刑執行を早く行わせる裁判を起こしてくれと頼まれましたが、それは断りました。刑事訴訟法によりますと確定後六ケ月以内に執行しろとあるのですが」

――六ケ月以内ですか？

「そうです」

――随分長いこと置いているケースもありますよね。ところで、被害者には弔慰金のようなものは払われたのですか？

「そうですね。宅間はそれを非常に悔しがっていました」

――そのことで法廷で騒いだらしいですね。

「新聞には宅間が法廷でふてぶてしい態度をずっととっていたと書いてありましたが、それは誤りで彼はずっと静かでした。遺族に三千万円ほどの金が払われると決まって最後にああいう形で、もう弁償はしたんだから俺は謝る必要はないということで、エリートの化けの皮を剝がしたいと叫んだのです。彼なりに論理は通っていたわけですね」

――検事の調書は残っているのですか？

「私は基本的に処分してしまいました。裁判の記録として検察庁に保管されているかもしれません」

――申請すれば閲覧できるでしょうか？

「検察庁に申請すれば可能性はあります。大阪地検にひょっとしたら保管されているかもしれません」

――膨大なものですか？

「膨大ではありますね。私が今持っているのはわずかですけれど宅間の法廷における証人尋問での発言は持っています。あと弁論要旨です。これはコピーをつくってお送りいたします。本当は宅間と手紙のやり取りをしてましたけど捨ててしまいました。彼の考えは本当に歪んでいましたけれど気持ちは彼の立場に立ってみれば分かるところもありました。自分の子供を勝手に堕胎されて怒る気持ちは分かりますし」

――小松左京さんの妹さんと結婚したのはどういう動機ですか？　母性愛ですか？

「私の記憶では正式の婚姻であったか、はっきりしません」

――同棲ですか？

「私などはそう思っております。短い期間の同棲生活だと思いますが、彼自身もあまりそのことには触れたくない様子でした」

――何故ですか？　彼女には思慕もあったのですかね。

「あったと思います。女心を刺激する何かが彼にはあったのでしょうね。

だから多くの女性が彼と付き合いました。理解が困難ですけど」

——そうですな。

「小松さんの妹のことは捜査当局も知っていましたが、ほとんど触れられていないので記録には残っていません。だからこちらとしても本人にそのことについて聞くことはしませんでした。十分な知性を持つ女性が彼と付き合うということは、それなりに共感する部分があったのでしょうね。宅間のことですから、はじめは強姦的だったのかもしれませんがそこは分かりません。年上の女性に気に入られるところがあったのです。彼の将来を心配して援助する女性も何人かいたのです」

——獄中結婚した死刑廃止論者は年上ですか？

「若干年上でした。彼の魂を救いたいと。もう死刑確定してから人としてああいう状態で死ぬのはよくないから自分が犠牲になっても彼を救いたいと。誰にでもできることではないですね」

――確かに誰にでもできることではないけど、観念が肥大するとそういう作り話もできそうな気がしますけど。自己陶酔はあるんでしょう。

「そういうふうに分析することも可能です。しかしいわゆる精神分裂病、今では統合失調症と呼ばれますが、そういう傾向にある人は精神病の中ではポピュラーですよね。だから彼のように超自己中心的で打算的なのは、自分の息子もそうだし自分の旦那もそうだという方が相当数いまして、そういう人たちは宅間を救いたい、共感できるということで私に手紙をくれたりして支援してくれました」

――人間の自意識が肥大した、自分の人生に対する幻覚と言いますか……。こないだイスラム国に殺された後藤健二さんは、僕の友達の精神科医からすると、あれは完全に自己顕示欲だと言っていましたが。

「精神科医というのはそういう評価を平気でできる人間でないと務まらないと思います。ですから、ある先生も宅間のような人格は今回以外にもまたやったかもしれないと、冷たいことを言っておられます。証人尋問の時です。私からすると、そういう人間をどうにかするのが精神科医だと思いますので反発心を持ちました。宅間のような人間がどうしたらこういうことをしない人になったのかという話をしますと、昔のような身分制時代であったら、例えば農民として生まれたら農民にしかならない、ただ今の時代では何にでもなれるという自由さが欲望を肥大化させて暴発してしまうということのようです。だから彼も固い社会であれば間違いを犯さずに生きていけたかもしれないという趣旨です。それも一面だと思います」

——軍隊なんかに行ったら事件は起きなかったかもしれない。あるいは勇敢な兵士になったのかもしれない。

「ただそういう固い社会は人間にとってよくないということでこうなったわけですので。ですから今のような自由な社会で宅間のような間違った人間をつくらないためにみんなで考えるしかない」

——本当に本質的な人間論なんですよね。だから切り口があるようなないような。

「それこそ人間何のために生きているのか、社会は何のためにあるのかと結ばないと結論は出ないですよね。そういう面があるから作家の皆様がこの問題に興味を持つのかなと思います」

——今の物書きで先生にアプローチした方はいましたか？

「何人かおられます。森達也さんは死刑廃止を主張している映画監督の人で本を書きました」

——この事件に関して法的に関わった人たちは懊悩《おうのう》されたと思いますね。

「ただね、悩んで肉体的にも苦痛でしたけど、人間考察について本当に豊かな経験をしました。ふだんやっている事件は小さなものが多いですから」

——切り口のようなもので、なるほどなと印象に残った人はいらっしゃいましたか？

「人間の不可思議さのようなものについて、この事件を契機に答えというものが分かっただけです。宅間は、世の中のたくさんの人に迷惑をかけながら、まあある程度満足して死んでいったんです」

——まあ遮二無二《しやにむに》生きた感じはしますな。一本通っているものが何かっていう……。

「ただ人間は何のために生きるのかって考える人はあまりいないじゃないですか。ただ彼は快楽のために生きると言い切ります。そのためには手段を選ばないんです。そういう人格になってしまったことは家庭、学校、社会の教育の責任です」

――彼なりの自負はあったのでしょうね。

「でしょうね。世の中不条理だとか」

――やはりエリート校に行けなかったことが反社会的な鬱憤の……。

「どこまで引きずっているか分かりませんが、彼のエリート志向はずっと強くて彼の父親もそうでした」

――彼のエリート志向とはどういうものですか？

「それは単純でして、金を持って好きなことが自由にできる」

――航空自衛隊に入ったのは恰好がよかったからでしょうか？

「それもあるかもしれません。強い男になりたかったということもあるかもしれません」

第九章

不条理

そしてここに死刑の判決を受けての弁護団の声明文がある。曰くに、

本日、附属池田小学校児童殺傷事件（被告人・宅間守）の判決が言渡された。結果は、求刑通り死刑の判決であった。

弁護団としては、この特異な事件を、限定された条件下における、被告人の複合的な精神疾患に基因する心神喪失ないし心神耗弱による悲惨な事件と認識しており、その主張が容れられなかったのは残念であった。とりわけ、判決において、充分な責任能力があったと評されたことについては、犯行時の行動が合目的的であったからとしても、人格形成そのものと犯行決意時点の精神状況に言及が少ない点に、強い違和感を持たざるを得ない。

また、被告人が引き起こした結果の悲惨さに、弁護団も改めて被害者とご遺族に哀悼の意を表明し、このような悲惨な事件が今後再び起きない社

会であって欲しいと念願する。

被告人が生れながらに殺人鬼であった訳ではない。人格形成に特異な軌跡を経てきた被告人が行き着いた悲惨な本件を契機に、社会の側が学ぶべき点が少なくないことを痛感した。とりわけ精神障害者や社会的弱者も生きがいを感得できる優しい社会の実現を強く望みたい。

なお、被告人が本日発言を求めたのに対して、裁判所がこれを容れられず、被告人が不当な言動に走り、法廷が混乱したことについては、弁護団としてもこれを深く遺憾に思うが、本人の気質のしからしむるところと理解するしかない。


そしてこれと対峙するように、判決後、被害者の親族たちが出した声明文がある。そのタイトルは「判決を迎えた『8人の天使たち』の親の想い」とある。

判決を迎えた『8人の天使たち』の親の想い

本日、宅間に死刑判決が下されました。判決を聞くまでの1年8ヶ月間、待つこと自体精神的に大きな負担でした。この裁判は、被告人は反省する態度を微塵も示さないまま、被告人の権利が縷々《るる》主張された裁判でした。

宅間がまったく罪のない幼い子どもたちの命を奪ったことは絶対に許せません。残忍卑劣な宅間は自らの犯した罪に対する当然の報いを受けなければなりません。死刑判決が下されたのは、犯した罪の残虐さからして至極当然のことと受け止めています。わずか7、8歳でこの世を去らなくてはならなかった子どもたちの無念の思い、子どもたちが殺害された悲惨な状況、私たちが受けた重大かつ深刻な精神的苦痛などを鑑みるに、死刑判決をもってしても私たちにはきわめて不十分である、と言わざるを得ません。宅間の犯した大罪は、自らの命と引き換えにしても償えるものではありません。亡くなった子どもたちは戻ってくるわけでもありません。死刑判決が下り、たとえそれが執行されたとしても、かけがえのない大切な子どもの命を暴力で奪われた私たちに原状回復はありません。私たちが事件以前の生活に戻ることなど決してありません。深い悲しみと虚しさを心に抱きながら、私たちは生き続けるほかないのです。宅間には、この死刑判決を真摯に受けとめ、死の恐怖を感じ、自らの犯した罪の大きさを自覚してほしい。命を奪われた子どもたち、私たち遺族を含む被害者全員に対する謝罪の気持ちをもってほしい。宅間の裁判中における傍若無人な振舞いも決して許せるものではありません。

また、私たちにとって大切なのは、裁判において被告人に厳正な処罰が下されるだけでなく、事件発生前後に起きた事実を事実として一つひとつ明確にしていただくことにあります。私たちは事件に関連するどれだけ些細な事実も、すべて知りたいのです。無念にもこの世を去った子どもに関することはすべて知っておきたいのです。私たちはそれを期待して、今日に至るまで傍聴を続けてきました。しかし、今回の裁判では当初から被告人の責任能力のみが争点とされ、その争点に多くの時間が費やされました。残念ながら、宅間は重要な事実を何も明らかにはしようとはせず、むしろ開き直る態度で終始し、私たちが期待していた事件の経過に伴う詳細な事実は整理されず、私たちが裁判開始の前から知っていた事実が羅列されただけでした。

被告人弁護人は、事実関係を認めながら宅間が精神の障害により精神病者に属するかのような弁論を延々と続けました。しかも心神喪失、心神耗弱によりあたかも無罪あるいは減刑すべきであるかのような印象を与える主張をしましたが、私達としては許すことができません。その主張には「私たち善良な国民の命が再び脅かされる結果につながる」という認識が欠如しています。同時に、純粋無垢な子供たちの命の重さより、むしろその命を暴力で奪った犯人のそれの方が比較しようがないほど重いことが示唆されていますが、私たちにとっては納得がいきません。また、被告人弁護団は判決前にもかかわらず「死刑判決なら控訴」の合意をしたとの報道がなされました。しかし最終弁論で述べたように弁護人が「附属池田小学校事件の弁護人であることに、辛く悲しいものがある」と言うのであれば、宅間が多くの被害者に与え続けてきた苦痛や心情を察して、弁護人みずからの控訴は断念すべきです。

一日も早く宅間の刑が執行されることを願っています。今、死刑廃止論が議論されていますが、純粋無垢な子どもたちの魂と、これほどの大罪を犯しなお反省のかけらもない犯人の命を比べようとするだけでも理解しがたいことです。

最後になりますが、裁判所におかれましては証人尋問や意見陳述における遮蔽措置やビデオリンク方式、判決宣告の際の視聴など、また検察官におかれましては公判のたびごとの説明会など、裁判を進めるに際して、被害者の立場を配慮していただきましたことに感謝の意を表します。刑事裁判において、なおいっそう被害者の地位が向上し、被害者の権利が確立されるよう、今後の裁判と司法制度改革に期待する次第です。

平成15年8月28日
8人の天使の遺族

ここに綴られたわが子を失った親たちの心情は痛いほどよく分かる。そして弁護団の出した声明との、それが人の世の常とはいえそのあまりの対比にたじろがされる。

人間の世の中が不条理に満ち満ちているというにせよ、この異形な出来事、それを行った異形な人間を一体誰が何がそう在らしめたというのだろうか。私がこの出来事に目を見張り抱いた恐れとは何なのだろうか。それは存在というものの不可知さということだろうか。

我々は何に対していかに恐れ、いかに敬うかでこそ、己の生を全うすることができるのだろうか。

おわりに

これは現存するほとんど全ての資料を踏まえて記した未曽有の事件の記録である。人生の大方を過ごし八十半ばの老年にある私が、まだ幼年にあった多くの者を一方的に殺戮し、己も人生の半ばにして殺人者として処刑された異形な男の引き起こした出来事に戦慄し、その意味を悟り、それを通じて人間の運命といおうか人間の人間としての存在の意味の深淵に少しでも触れたいと願ったのは、私自身が己の「死」を強く意識する年齢に至ったせいかもしれぬ。

この齢に至るまで私自身は様々な「死」を垣間見、私自身も「死」の影にさらされてきたものだが、それにしてもこの出来事は被害者も加害者も含めてあまりに無惨で痛ましい。この出来事をつくりもたらしたものは一体誰、一体何なのだろうか。この世の中は不条理に満ち満ちているが、それをもって我々に存在を与えてくれた神を咎める資格など我々にありはしまい。

そう悟れば我々のできることはこの未曽有の出来事で身罷《みまか》った人たちの冥福

をただ祈ることしかありはしまい。この一書がせめてわずかでもそのよすがになればと願っているが。

【参考文献】
『宅間守　精神鑑定書』岡江晃　亜紀書房
その他の鑑定書、調書、新聞・雑誌記事等の各種資料

※本書は書き下ろしです。

※第一章「事件」、および第四章「結婚」の一部は、著者が事実関係を基に創作したものです。

装幀　三村　淳
写真　Graphs/PIXTA

〈著者紹介〉
石原慎太郎　1932年神戸市生まれ。一橋大学卒業。55年、大学在学中に執筆した「太陽の季節」により第1回文學界新人賞、翌年芥川賞を受賞。『亀裂』『完全な遊戯』『化石の森』（芸術選奨文部大臣賞受賞）、『光より速きわれら』『刃鋼』『生還』（平林たい子文学賞受賞）、ミリオンセラーとなった『弟』、2016年のベストセラーランキングで総合第1位に輝いた『天才』、また『法華経を生きる』『聖餐』『老いてこそ人生』『子供あっての親―息子たちと私―』『オンリー・イエスタディ』『私の好きな日本人』『エゴの力』『東京革命』『私の海』『救急病院』など著書多数。

凶獣
2017年9月20日　第1刷発行

著　者　石原慎太郎
発行者　見城 徹

GENTOSHA

発行所　株式会社 幻冬舎
〒151-0051 東京都渋谷区千駄ヶ谷4-9-7

電話:03(5411)6211(編集)
03(5411)6222(営業)
振替:00120-8-767643
印刷・製本所:中央精版印刷株式会社

ISBN978-4-344-03174-6 C0095
幻冬舎ホームページアドレス　http://www.gentosha.co.jp/

この本に関するご意見・ご感想をメールでお寄せいただく場合は、comment@gentosha.co.jpまで。